绿风文丛

林贤治　主编

植物记

钱红丽　著

南方出版传媒
花城出版社
中国·广州

图书在版编目（CIP）数据

植物记 / 钱红丽著. -- 广州：花城出版社，2020.3
（绿风文丛 / 林贤治主编）
ISBN 978-7-5360-8918-1

Ⅰ．①植… Ⅱ．①钱… Ⅲ．①随笔－作品集－中国－当代 Ⅳ．①I267.1

中国版本图书馆CIP数据核字(2019)第142623号

出 版 人：肖延兵
策划编辑：张　懿
责任编辑：林　菁　邹蔚昀
技术编辑：凌春梅
装帧设计：林露茜
内文插画：马钰涵

书　　　名	植物记 ZHIWU JI
出版发行	花城出版社 （广州市环市东路水荫路11号）
经　　销	全国新华书店
印　　刷	佛山市迎高彩印有限公司 （佛山市顺德区陈村镇广隆工业区兴业七路9号）
开　　本	880毫米×1230毫米　32开
印　　张	7.625　12插页
字　　数	170,000字
版　　次	2020年3月第1版　2020年3月第1次印刷
定　　价	42.00元

如发现印装质量问题，请直接与印刷厂联系调换。
购书热线：020-37604658　37602954
花城出版社网站：http://www.fcph.com.cn

总　序

林贤治

一天，到张懿的办公室小坐，见醒目地添了几盆花草，摆放很讲究。座椅后壁，挂了两幅手绘的水彩画，画的仍是花草。深秋的午后，一室之中，遂有了氤氲的春意。因谈花草，转而谈及关于花草的书。她说，坊间的这类书很零散，何不系统地做一套丛书？我表示赞成，她便顺势让我着手做组织的工作。

有关花草树木的书，我多有购置。除了科普，随笔类也留意挑选一些识见文笔俱佳者，其中，沈胜衣给我的印象最深。他是东莞人，想不到还是一位地方的农业官员，通过电话联络，隔了几天，他径自开车到出版社来了。人很热情，没有可恶的官场习气，倒有几分儒雅。在赠我的书中，有一套他任职之余编辑的丛刊，名《耕读》，印制精美，可见心魂所系。

沈胜衣当日答允为丛书撰稿，归去之后，一并推荐了几位作者。我再邀来朋友桑农和半夏，在花草无言的感召下，很快凑足了这样一套丛书。

桑农编选的两种：《不屈的黑麦穗》和《葵和向日葵》，是丛书中的选本；一国外，一国内，都是名家。桑农长期写作书话，是编书的好手。他选的两种书，从植物入，从文学出，是真正的美文。《草莓》的入选尤使我感到欣喜，如遇故人，几十年前读到，至今手上依然留有整篇文字的芳馥，那"十八岁的馨香"。

沈胜衣喜读书，也喜抄录，加之注意语言的韵味，所以，笔下的《草木光阴》显得丰茂而雅致。作者置身在草木中，却无时不敏感于生命的流转，时有顾惜之意。忆往，伤逝，作品内含了悲剧中的某种美学意味，所以特别耐看。半夏是杂文家，《我爱本草》取材皆为中药，配以杂文，实在很相宜。鲁迅之所谓杂文，原也同小说一样，目的在于"疗救"，种类颇杂，并非全是匕首投枪式。信笔由之，何妨谈笑，不是"肉麻当有趣"便好。半夏此书，写法上，却近似周作人的一些名物小品，平和，闲适，而别有风趣。许宏泉的《草木皆宾》，取画家的视角，多有画事的掌故琐闻。至于王元涛的《野菜清香》，特色自是写"野"。一般文士喜掉书袋，后者亦不乏此中杂俎，但未忘现实人生，夹带了不少历史、社会人文的元素，多出一种经验主义的东西。

钱红丽的《植物记》，将日常所见的花草，匀以生活的泥土，勃勃然遂有了一份鲜活、亲和的气息。戴蓉的《草木本心》，比较起来，偏于娴静，有更多的书卷气。这是两种不同的诗意，或许是沈胜衣序中说的"植物型人格"所致吧？论人性，大约男性近于动物，女性近于植物，难怪她们写起花草来，都能深入其"本心"。这两部小品，不妨当作女性作者的自我抒情诗来读。

编辑中，时时想起故乡的花草。它们散漫于山间田野，兀自开落，农人实在少有余暇观赏，倒是有一些药草，正如荒年供人果腹的野菜一样，不时遭到采掘。以微贱之躯，为救治世间穷人，或剁碎为泥，或投身瓦器，我以为精神是高贵的。但是，从野草们的立场看，未必见得如此。人类与草木之间，始终找不到一种共同的语言，想起来，不觉多少有点寂寞。

2018年11月10日

目录 contents

第一辑　四季帖

气息　3

春来　7

春信　11

万物起身　16

大风吹　20

从清明到谷雨　24

立夏　28

小满，小满　32

初夏　36

乡下的气息　41

盛夏　45

那些年的菜　49

丰裕与荒凉　53

中年的秋天　57

秋暮　62

经霜　66

树树皆秋色　70

初冬　74

冬天的树及其他　77

那些繁盛和新鲜，那些枯败和荆棘　81

小雪　85

骤冷　89

凋败之美　93

冬天的味道　96

第二辑　草本木本

稻草垛　121

桃花　124

我所感到的春天　127

秋声　131

看草　135

看花　140

二月　143

流逝　146

种子们 *150*

早春 *154*

白露以后 *158*

栀子花 *161*

春天的几个词 *164*

蔷薇蔷薇处处开 *170*

树开花 *173*

倚靠 *175*

小美 *178*

本草有道 *180*

拥有一块地 *183*

小时候的味道 *187*

向农业致敬 *191*

野菜的皖南 *194*

四君子 *197*

与树为邻 *211*

添色木芙蓉 *215*

霜冷雾白 *219*

蔷薇的合唱 *223*

盛事 *227*

桂花课 *232*

秋日和 *236*

秋天的栗 *238*

冬天的事 *242*

所有的树木鸟群都请安静　246
看花与吃饭　　250

第一辑

四季帖

气息

送孩子上学，雾气很重。虽有点冷，但不再刺骨。路边草一番枯意，再仔细看，草隙里已然绿叶丛生，圆形的叶，米粒一样匍匐，躲在草中间，像裹着袭，娇嫩又调皮，像在说：有什么怕的，不就是一个冷吗？

哪怕下场小雨，砖缝间的苔藓就会绿得生机盎然，无论春夏秋冬。在四季面前，没有什么能强过苔藓的生命力，踩不倒，渴不死，只一点雨水，又是一派深碧，与某些女性相若，顽强，不争，顺应。

感觉到了一种气息，春天的气息，最先在水槽里。黄心乌吃了整个冬天，每天都洗一篮子。有一天，一层一层地剥，近心处，忽然起了微小的花苞，软弱的，不见光的白。

植物抢在节气前，给我们报告了春天的气息。

离"立春"尚有一星期呢。

这几天，站在阳台远远地看垂柳，已不再肃穆安详，偶尔风动，柳枝轻快地漾，荡得什么似的，仿佛一个姑娘拿手指在发里爬梳，不经意的样子，格外惹人注目，是谓风情。

单位北门有几丛连翘，下午上班，发现它们竟冒芽了，紫紫的，一小撮一小撮。植物真是，这么忍不住，说出芽就出芽，连声招呼都不打，让人猝不及防。是一夜间的急速，昨天黄昏临下班时，还特意望了一眼，它们跟整个冬天一样，不过是一丛蔫不拉叽的光杆司令一样的绿棍子，今天是谁吹了一声哨子，把芽全唤出来了。

春天永远这么激烈，像一次夜袭，惊喜又惊艳。

目力所及处，冬天临走时，最先开花的是连翘，黄澄澄的一大蓬，像一个精瘦女子跑起来把一袭泡泡裙拎着，远远地看她背影，仙气得很；接着立春了，红梅、绿萼一定开在春天，与春梅同时绽放的还有海棠——贴梗海棠先开，天气还阴瑟瑟的冷，等气温渐稳，则是垂丝海棠的舞台了，金钟一样地倒挂而下，红的深红，粉的浅粉，妆容不一，离万紫千红略近一点。海棠都是小角色，真正的大拿是樱花，在树枝间高开低走，呵气成风，到了紧要处，简直怒火中烧地绽放。樱花开得女性，像美貌，唯一经不起时间的锤炼。

世间事，均如此，越美丽的，越不经留。不比紫叶李，从初春一直开到暮春，白煞煞的，不惹眼，也没多少人真心热爱吧，但，它胜在花期长，孜孜不倦，奋斗不息——世间一切美，都抗不过活得长，不比樱花，虽才气逼人，却躲不过短命。

等晚樱开败，春天也沉迷得差不多了。人总是懒洋洋的，什么也不想做，那接下来，可有什么看的了？

还有茶梅，一大朵一大朵举在枝头。每次看见茶梅，都替它受累，花朵过分硕大，致萎谢坠地时，摔得惨。大红花从蕊里先烂起来，渐次铁锈黄、枯黑。魂被什么给收走了，便不在乎妆容失色了。

春天里，就是这样的春天里，每一年的春天里，幻想着买一棵兰回来，高耸的紫砂盆，衬它低垂的小黄花隐在叶间默默吐芳，也许整个一面墙都会因它而变得明亮起来，宛如一件平凡小事被一颗慧心描摹而成一段传奇。

一年年的春天里，仅仅止于幻想，那样孤高独标的一棵棵兰，依然停驻在花市的温室里。某一天，心血来潮，前去看望，拿鼻子去嗅那一股幽香，而远方正挂着一棵棵猪笼草，滴水观音蓄势待发地绿着，有轰然之声。在春天，绿是可以发声的，有交响乐的豪迈和不可一世，把人心里忽略不计的繁琐重新发掘，然后又一把泯灭掉，然后指导你朝壮阔的地方去。

比如，春天里，人走在柳树下就非常好看，不论是孩子还是大人，蹒跚而行抑或闲闲散步，只要是人在柳下，只要是春天，就好看得很。怎么个好看法，我也讲不出来。

春天就是属于眼睛的，你觉得好看就好看，无须讲出一二三来。

春天是很无理的，又骄傲，又憨厚。

这几天算是冬春交接吧，黄昏都显出不同来，是真的不一样了，不像冬天，夕阳急吼吼地说落就落，五点三十分不到，整个天全黑下来，既黑且寒，人心灰败颓唐。春天的夕阳就不这样小气，它迟疑着，舍不得似的，一点点地往西天滑——终于又能领略落日的余晖。整个西天被晚霞覆盖，红黄交叠印染，壮丽一片。这几天骑着车迎向夕阳一路明亮地回家，心里回荡的是朗费罗的诗——《长日将尽》。

难道，春天里，人不该抒情么？

春天把人的每一根毛发都调动起来。我们呼吸吐纳，将僵硬蜷缩了一冬的身体，晾在春天的气息里，或者做梦，或者飘浮。人在冬天是下沉的，收敛的，只有等到春天来临，才会慢慢浮起，打开每一个酣睡的毛孔，让大风吹醒。

灰喜鹊开始喳喳叫了，麻雀们更加欢实，它们在空地上跳跃，像是热身，为接下来的东冲西突。

然而，这些花呀鸟啊的，都比不上婴孩的至乐，他们终于可以脱单，小屁股一歪一扭地，奔跑在草地，在落日的余晖里……看着这些，感到了天地平和。

春来

我们家挂历上，立春那天，有"阳和起蛰，品物皆春"一句。好几次，我站在这八个字前，认真揣摩它的含义。莫非——阳光开始变得温暖和煦，大自然中所有沉睡的生命开始醒来，放眼所及处，都进入了春天的盎然？但，若要逐字分析，又说不出个所以然，这一点上，特别像我对于二十四节气的肤浅认识，只图字面之解，若深入下去，则处处遇阻。

原来，这么些年，活在四季节序里，都白糟蹋了。也以为懂得了，却原来，什么也不知道。

那么，从立春开始学习吧。

并非去到书堆里翻查资料，是走出去感受。自立春以来，气温时高时低，甚至昨天，大风还送来一场细雪，不是六角形的大瓣雪花，而是粉一样的碎粒，砸在脸上，生疼。每年都有倒春寒的气候。以为春天来了，会一直暖和下去了吧，可是，气候就这么顽皮，偏不如人愿，又来给你送一场春雪，所以才有春寒料峭的说法。

在江淮这样的纬度，每年立春以后，最先从土里醒来的植物，是婆婆纳和野豌豆苗。墙角边的空地，婆婆纳已经绿成一片了，齿状圆形的叶子没有梗去支撑，直接匍匐在地上，等至春深，宝石蓝的小花争先恐后举过头顶，小花蕊里还有一颗白点，眼睛一般灵动。再微小的东西，一经成片，便也是一种壮阔，细小的壮阔。孩子们最喜欢拿小手去捉，那花小得疼人的，适合鸡雏来啄食。野豌豆苗，长势喜人，看架势，恨不得都抽藤了，一阵风来，一齐把头低下，委身于枯草丛，春末开浅紫的花，初夏结籽实，也是一味药材。凡草丛处，特别多。

乌桕的叶子渐起了变化，整个冬天一直红着的，浓艳的红，鸡冠花一样彰显的红。在立春后的几场雨后，乌桕叶把烈焰一样的红慢慢熄灭。或许是红得倦了，或许它懂得适时收山，这点倒比人强。人就贪婪些，红是红了，还奢望往前一步，哪想没跨稳，没等到发紫，就直接走了下坡。初春的乌桕叶，一点一点把红卸下，再一点一点穿起青色、绿色的衣裳，岁月一样恬淡，一路迎着自己走过来走过去。

垂柳作为一种雌性的树木，在春来的第一时间里，气质上明显有了改变，整个腰身不再僵硬，而是非常的柔软。远观，一片苍黄，近了看，已有芽苞在皮下耸动，宛如刚诞生的婴儿的乳，与皮肤浑然一体，伸手去触，一片律动感。虽被细雪抽打，也不见退缩隐遁，一日明显于一日的孕育感。

趁着雪，去菜市，顺便路过郊区。大面积的油菜把薄雪抱在怀里，蚕豆苗以及青菜们也学着油菜的样，纷纷把雪搂在怀里，如若取暖。在雪的映衬下，这些农作物们愈加地绿了。这种绿，像一个动词，可以随时飞起来的样子。

跨年生的农作物原本不怕冷，还有冬小麦，因为太瘦的缘故，腾不出手来接雪，雪就直接落在它的苗稞里，把冬小麦搞得东倒西歪的，有点狼狈。农谚有"春雨贵如油"的说法。春雪比之春雨，更应该受到农作物们的好评吧。春雪像一种意蕴，一点点地影响地表，慢慢抵达根须处，融得慢，才渗得深。

不作声的植物睡了一冬后，醒来的标识是默默用"绿"说话。在动物界则不同些。几乎一夜间，鸟雀们陆续接到先知的电话，开始了商量、追逐以及打闹。

麻雀成群结队，忽东忽西，翅膀扇动空气发出憋闷的声响，尤其早晨，在窗口的树丛间嘀嘀咕咕个没完，估计是被漆黑的长夜给憋得，多嘴多舌的。在耍嘴皮这点上，麻雀算得上相声界的翘楚。合肥此地灰喜鹊（被市民评为"市鸟"）多极，张着青灰的大翅膀扯着一把嘶哑灰暗的嗓子嚷个不停，还特别喜欢趁人午休时蹲在草丛间嘶鸣，一副不识相的模样。灰喜鹊这种叫声，离啁啾的意境远，唯有黄鹂的歌唱才适合"啁啾"这优雅的称呼。必须等柳翠了，黄鹂才肯出来啁啾，现在尚早了些。

在江淮，虽说春是来了，还真没什么可赏的，但适合想象——比如"阳和起蛰，品物皆春"这一句，就特别好。古人惜字如金，不爱废话，在制订二十四节气时，只送八个字给"立春"。仔细想，也就够了。与《诗经》里的句子一样有空间，有张力。

几千年了，一代又一代，活在四季节序里，一副理所应当，怡然自得的样子，却又是这么懵懂无感。

许多植物，我只熟识它们的身影面孔，却叫不出它们的名字，直到有一天在书里遇见，两两比对，深感这些年的交集都是错过，简直白活一场。

身在空旷无际的西郊荒野，四处萧萧瑟瑟，城乡的无差别日渐浓厚，也是一种冬去春来的荒芜。有一种荒芜是丰富的，与盛夏的繁荣一样丰富。想起杜牧《上宰相求湖州第二启》中几句："如登高四望，但见莽苍大野，荒墟废垄，怅望寂然，不能自解。"杜牧仿佛深透与穷尽了繁华背后的荒凉。别一种可感可知，也是歌歇与追问。

荒野中只有那么一点点绿把细雪抱在怀里，火苗一样跳动。

春信

有一个词最适合初春用,这个词叫——翠微杳霭。"雨水"节气一过,树吐芽,花育苞。这个时节的雨多,我们老家称之为"春寒雨丢丢"。

早晨出门,雾气袅袅,草本、木本、藤本的植物们,一起蕴在雾霭里,翠微一片,尤其垂柳,丝丝条条的新绿,似有也无,浮云一般缥缈,根本就是一场幻觉。

捂了一个长冬,植物们都成仙了,既期待又敏感,稍微碰一下它们,就决定一齐绿给你看——层层叠叠的生命,在四季的怀中更迭、枯谢、复活。

什么叫"杳霭"呢?杳霭似乎表达一种失真感,就是"草色遥看近却无"。初春的绿,是一种幻觉上的绿,杳霭的绿,寻无影踪的绿,不真切的绿,好比对一个人有好感,但迫于杂乱的人世纷扰,一直就搁在那里沤着,待真正穷究起来,又不大确定似的。这就是初萌与始发。

说到底,春天的绿皮火车尚未启动,突突突一日千里的绿,要到春深。

午后上班,车过一片湖的西岸,稍微往东一扭头,呵!好样的,几朵辛夷花停在树冠上,紫粉色系的花苞,大大小小,高高低低,打了个结的样子。许多树开花,都热闹,唯独辛夷开花很落寂,可能是那种浅浅的紫粉色系,给人寥落的错觉,简直太像一件败色的陈年旧衫了,有时间的痕迹,更有往事的历经。如同人在春天里,总归有落实感,情不自禁回首往昔——尽管往昔并非一如既往的甜蜜,但,过去了的,再隔着冗长的光阴往后翻,便突显了贵重,于是珍惜。

比辛夷开得闹腾的,当属同科的白玉兰,按道理,白色是寡色,但,不知道为什么,一旦发生在白玉兰身上,就那么不安定起来,像一个人蹲在大太阳下痴傻地笑。白玉兰这种大白花,仿佛谁都可以在春天里轻薄它一下,这也不大公平。不公平就不公平吧,其实,接下来,还是想说说兰花。

家里一盆墨兰,这几天,次第开了,朵朵串串,沉静的样子,害羞的样子,自顾自沉湎于往事的样子。仿佛在推让:你先开吧,我不急的。

那一朵不依了,继续谦让:还是你先来吧,你的苞比我的大呢。

第三朵就来劝:你们就别自谦了,再不开,春天就走了。

那好吧,我们一夜一朵地开。

刹那间,齐齐不语,只默默芬芳,传得不远,无一阵,有一阵的,值得爱惜。

没有什么花比得过幽兰这么沉默雅致,隐在叶丛里,把头低下,仿佛不好意思,像做错事的人有后悔,也像一个有归属的人格外闲得住自己——而窗外，此刻，春光大好，麻雀在竹林里吵架，灰喜鹊侧翼俯冲……万物都在享受春天的簇新畅快，唯有墨兰沉得住气，关起门来独自过自己的日月，那么慢那么珍惜地把花一点点打开。若非亲自养一盆兰，根本领略不到"幽"这个字的含意。

等兰花落尽，春天也远了。

兰，就是春天往外寄出的一封信，没有地址，也不贴邮票——春天把兰这封信寄出去，实则就是一种姿势。人活着需要仪态万方，何况四季呢！春天这么短暂，为什么就不能寄一封信出去呢？这叫自我成全，也叫自己给自己一把梯子。

四季里，春最短命，虽说是百花争艳，万绿争锋，仔细算算，也就那么几天的繁华。百花衰煞，也是非常伤感的事情，春天到底比不过夏天的气场强大，一下坐稳了江山兴旺繁荣。

四季的更迭里，人有人生，花有花世，一直都是这么过来的，仿佛不问来历，也不过抬首低头的交情。

到单位门口停好车，走在鱼池旁的石阶上，恰巧碰见第一朵蒲公英——春天足够体恤人，似乎处处时时要给你惊喜。蒲公英的花黄得有金属的质感，沉甸甸的黄，日不落的黄。黄桷兰也不甘落后，正在奋力孕育花蕾，尖顶的深绿色的小包袱，需要历经一段日子的沉淀，才会抖出洁白和浓香来。

路边的碧桃，红艳艳的一树，那些千千万的花骨朵，像满张的弓，只等一声指令便万箭齐发。其实，将开未开的花苞此刻正美，等到完全敞开，便有赝过去的危险，像午休睡过了头，昏头涨脑——仲春就是这样子的，花开得过盛，予人糜烂之感。世间万物，皆如此，一味不知节制地美下去，便到了晏酽之境，结局总不大好。

四季里，同时初萌与衰落的，只有春季吧。花，开了，谢了，唯有树叶一直绿着，从鹅黄初上，到珠翠满头，再到郁郁葱葱，比起易开易落的花来，叶子仿佛不动感情的人。声色不动的，往往走得远，活得长——不经历离合悲欢，便不会辗转浮沉，连岁月也奈何不了。这是人要向叶子学习的地方。

初春夜静，树上的新叶尚未长出，风来叶摇是不存在的。何谓万籁俱寂？人，也算一籁吧。

春初始，树萌叶，花怒放，作为人，该干点什么，才叫不辜负呢？

其实，初春静夜，适合读诗，尤其顾城的诗，比如《来临》——

  请打开窗子，抚摸飘舞的秋风
  夏日像一杯浓茶，此时已澄清
  再没有噩梦，没有蜷缩的影子
  我的呼吸是云朵，愿望是歌声

  请打开窗子，我就会来临
  你的黑头发在飘，后面是晴空
  响亮的屋顶，柔弱的旗子和人
  它们细小地走动着，没有扬起灰尘

我已经来临，再不用苦苦等待
只要合上眼睛，就能找到嘴唇
曾有一只船，从沙滩飘向陡壁
阳光像木桨样倾斜，浸在清凉的梦中

呵，没有万王之王，万灵之灵
你是我的爱人，我不灭的生命
我要在你的血液里，诉说遥远的一切
人间是园林，覆盖着回忆之声

　　人在诗句里穿行，似乎五脏六腑都放对了位置，也是一次精神瑜伽。而诗是无解的，诗人是大自然的灵童，值得呵护。
　　把诗集放在一边，终于想明白一件事——春天的本质是什么？春天的本质就是怒放与歌唱。

万物起身

惊蛰一过，万物起身，春天的架子基本搭起来，姚黄魏紫中，人易迷失蹉跎，不想思考，更不想创造。一开始，有点不知所措，想把局面扭过来，然而，人跟自然是拗不过的，便有了急火攻心的彷徨，觉得这么虚度，也不是个法子，沉浸久了，恍然大悟——春天短暂美好，生来就是给我们蹉跎的——蹉跎就是享受，一刻也不错过。夜里看书看到一句话，非常想拿笔画一道杠，这句话非常适合春天的气质，春天的气质就是无辜与自得：

　　我这一生都沉迷在琐碎中，历史和国家从未烦过我。

早晨，太阳升起，黄彤彤一片，坐在户外的亭廊里，四处张望，树木隐在雾霭中，一切都是簇新的，仿佛拧得下水来，所谓水嫩水嫩。小鸟于四面八方嘀嘀咕咕。春天于鸟类，或许是思念的季节。有一种俗称"咕咕鹰"的鸟，用情最深，这几天，它每天早晨都在喊一个人的名字——"四姑姑，姑！四姑姑,姑!"它四姑不见了,思念难免,一遍遍地情深意切。披一身蓬松的羽毛,处处飞,于天地间寻觅,嘴边衔温柔的呼唤,仿佛一哭三叹:四姑,四姑,你可知道,我在唤你,你怎不回家?这个时候,再懒的人都不能恋床,连咕咕鹰都起这么早,人再赖窝,太无颜以对了。

还有一种鸟,我从未见过它的身影,但每年春天,都能从遥远的地方传来它的呼唤——"哥哥哥,哥!"沉在很深的梦境里,听着这一连串清寂落寞的"哥哥",叫人一下惊醒,再侧耳细听,叫声渐行渐远了,人浮在夜色里怅然若失……但凡这个时候的乡下,稻种就要下塘浸了,遇到倒春寒的天气,还要抬回家一遍遍过温水,原本坚硬戳手的陈年谷子宛如一桩桩陈年往事,在温水一遍遍地抚摸下,渐渐归于柔和,直至长出一颗颗洁白的芽,接着去育秧田里着床。

一年的农事,大抵就是从育秧田里开始的,有的人家还炸一挂爆竹,把农事当喜事办。我们家那几亩田的秧苗培育,差不多都仰仗我大伯。

如今,大伯他也不在了。家乡的田地跟我大伯的坟一样,大半都荒在那里,只有等到清明,在外打工的儿孙们才会想着回来一趟。有一种鸟,它每年春天惊蛰之后,都会飞回来,在水田上空鸣叫:"哥哥哥,哥!哥哥哥,哥!"三个叠音,再稍微停顿一秒,又补充一个"哥",强调一下"哥哥"的重要性。这种鸟是否把所有的男人无论年龄长幼,一律称之为"哥哥"?是呼唤所有的男人搬出农具,去田畈耕耘,犹如五六月份麦子灌浆之际,布谷鸟一边飞一边叫:"发棵,发棵,割麦插禾!"

  鸟是通灵的,宛如先知,它可以识别节气与庄稼的关系,于是自带一种感召力,以鸣叫来提醒大家,别荒废了自己,快点投身于农忙。

  乡下,往日的这个时节,耕牛早已遍地走了,大人执犁在前,小孩拎篮于后,新翻的田垄间泥鳅翻滚。若下雨,会更妙——雨雾蒙蒙里,远远地向田野里望,一种农耕时代的永恒之美挥之不去,披着蓑衣的人,永远那么耐看,有一种沉默不语的美。泥土睡了一个寒冬,在犁铧的干预下,一骨碌醒来,迅速翻个身,把自己亮在细雨中吟唱,是怎样的惬意呢?这些,泥土是知道的,无须我多言。

  这些往事都不见了。如今,早已进入机械化时代,养牛并非用来耕地,而是要喝它的奶汁,吃它的肉。对于牛来说,也许,情愿一年年地活着受苦受累,也不甘轻易死于屠刀之下。

  对于一个有着多年放牛经历的人,说到牛,便会有一种无言的深厚之情,尤其盛夏双抢时节,牛是最累的,顶着烈日骄阳,把一亩田耙完,喘得快走不动路了,看见小河便往里扑,再也唤不上岸。我们做孩子的,看在眼里,也心疼,便割些草回来。疲惫不堪的牛浸在河边柳荫下,风卷残云般把我们辛苦割回的草吃完,终于立起身,跟着孩子乖乖来到田边,投入新一轮劳作。

  或许,这个世上,孩子与动物间天生就是知己的关系——因为彼此均为兽,所以相通,知悉。有时大人叫不动牛,孩子来了,拍拍头,轻轻抚摸几下,牛便依了,低下头,心甘情愿戴上木犁套，为鞭所抽打——这是人与兽一年年里建立起来的深厚友谊，有信任和依赖，便默默走到了一起。

牛与人，在过去的年代，是相互依存着的，宛若人与植物，人与自然，彼此相融，两两不厌。

牛与人，知道春光美而短，即便白天累点，也没啥，夜里睡个囫囵觉，第二天，又是新天新地。

大风吹

春天里,什么都好——如果不刮大风,就更好了。每天骑车上班,面北呼啸,眼泪花骨朵似的一苞一苞的,非常狼狈——患沙眼的人都这样。在大风里流泪,用黄梅戏《天仙配》里七仙女的念白,就叫"迎风泪"。七仙女下凡的事被天庭知道,她老子派小鬼在路上截住她命令午时三刻务必回天上去。待小鬼腾云以后,七仙女怔在原地流泪,被迟钝的董永发现,上前探问缘由,聪明的七仙女便以"迎风泪"搪塞过去……每年春天,我一边在大风里骑车,一边眼泪汩汩,就会想起小时候看的《天仙配》。

春天的风刮个不停,一会儿从东到西,一会儿又从南到北,胡乱地刮,没头没脑地刮,失心疯一样无节制地刮,人的头发一根根被吹立起来,不晓得倒在哪边才好。也真是的,花开,草绿,树发芽了,该醒来的生灵都陆续醒过来了,大风,你为什么就不能停下来呢?每天经过的路上,茶花被大风刮得满地,一朵一朵硕大的花盘还没到萎谢的时刻,就被大风猛烈地揪下来,真是揪哇,像揪小孩耳朵那么狠,扯着,拽着,再耐开的花也经不住这样的摧残啊。铺一地红，一朵朵地，像极伶人的脸，搽着胭脂涂着红唇，刚刚演出归来尚未坐下卸妆，冷不防就被一场大风连人整个端了。

　　惊蛰与春分之间，小区里的紫叶李开了满树。有一天买菜经过它们，迎着光看过去，有一种璀璨让人惊心，定有奥妙在，像一个昔年熟人，原本一直寡淡着，没料到今年——竟如此惊艳，气质完全变了——浅粉近于苍白的小花，一律五瓣，一朵朵拥在一起，热闹又清寂，一树花都在唱和音，一直在低音区徘徊，一个个努力地把调子往低处的山谷中带，从不抢主角风头（春天的主角向来是一枝独秀的繁丽之花，如牡丹、芍药等），甘愿小溪一般幽咽。往年，一直忽略紫叶李这种灌木，主要不喜欢它猪肝紫的叶子，一年的脸都阴沉着，若是积了尘垢的话，就更哑然无味了，即便开花，又好看到哪里去呢？一年年里，这么忽略过去了。

　　可能是年龄大了，美好的春天经历一次便少一次了，潜意识里，就对一切都在乎和珍惜起来。人一旦有了惜物之心，看什么都能看出好来，比如紫叶李——花朵在枝叶间如万箭齐发，把一粒粒微小的美亮在白昼。夕阳西沉，天空橙黄，把大地也晕染一遍，斜晖下的紫叶李站在原地无比静谧，大约唱和音唱累了，都纷纷不说话，一边养嗓子一边给自己换气，我分明听见微微的胸腔起伏。入夜，春天大多阴戚戚的，难得见到几片月光，一株株紫叶李如一团团墨迹各自站在风里，一夜无话。

　　还用说？几场大风吹过，紫叶李的花朵差不多纷纷离枝，那些微小的花瓣散落在树根旁，浅粉已褪，纸一样白，寒瑟瑟的，宛如魂魄丝丝缕缕，格外单薄。紫叶子要顽强些，依然故我一日壮似一日——原本同门师兄妹，到这个时候，也只好各顾各了。不必惋惜，原本符合万物辩证关系，哪有花，一年到头开不败的？当然，四季桂、月季除外。

紫叶李的盛期过后，该是垂丝海棠的天下了。倒挂的花骨朵耐心地吊在风中，剥花生一样一颗一颗地剥，一粒一粒地绽，偶尔几个日头照下来，它们又把自己的花色褪至浅粉，玩魔术一样，等到花朵全部绽开，它们差点又把自己变成寂白，还那么害羞，无论挂苞打朵，抑或全盛绽放，一律把头低着。开花低头的，还有柿子树，隐在柿蒂下面。原先一直以为柿树不开花直接挂果的，是活了三十多年后的一个春天早晨，偶然自柿树下过，一抬头，发现了一个惊天秘密——原来柿树也开花呀，鹅黄的花瓣，围拢深黄的蕊，一朵朵独自幽深地好看着。大自然中，数人最无知懵懂——原来柿树也开花！大风一来，柿树跟着节律摇晃，被吹落的花蕾，在地上数也数不清。

在春天看见花落，是引不起感伤的——可看的美，无处不在，垂丝海棠落幕，西洋杜鹃登场了，纷纷扰扰的云霞铺过去，洋杜鹃的桃红如此炫目，易让人产生幻觉，灵魂飞升，与花朵相珍相惜——春天如此奢靡，怎样的铺张都不浪费，怎样的挥霍都不心疼。春天一旦去了也就去了，再也不回头。

长这么大，未曾见过杏花，人生真不够完美。中国哪一带产杏呢？上网搜一搜，晋中一带最多——"南起黄河渡口的茅津渡，北至长城脚下的杀虎口均有分布。主产地有运城、永济、万荣、闻喜、平陆、清徐、原平、阳高等县。品种也多，有沙金红、老爷红、脆扁丹、马武杏、大白杏、大红脆、白水杏、三月黄、梅杏等一百余种。"

在刮大风的这段日子，若琐事不来牵绊，若心情尚可——我会买一张到茅津渡的火车票，看看此际鼎盛的杏花……如何？

这么些年，我一直乐此不疲的，无非一些无用又虚无的事情（文学从根本上就是无用又虚无的东西），再添上一趟茅津渡之旅，也算不了什么的。

从清明到谷雨

每到清明,算是晚春了。窗外几棵豆科紫荆,像油条投进滚锅,花势凶得很,紫色,一簇簇扭挤在一起。把鼻子凑过去,虽无味,但似乎有一派动静,正午的阳光下,是密集的锣鼓一路响过去,那果真是神奇。

碧桃开到艳丽,像古小说里的女鬼,妖妖惑惑,从浅粉到深红,仿佛一个人想到美事,起先抿嘴一乐,后来就收不住了,一直笑到开怀,又好比畅饮慰了肝肠,哪料一阵风过,浑身颤抖,满肩都是落花……

晚春的花有点收不住自己,非如此不可地孤注一掷。紫玉兰的花瓣在枝头渐渐打蔫,卷了,焦了,原本一直憔悴的心不巧又遇到窝心事,终于敌不过万里长风,纷纷地,一头栽下,好在也不很痛——地上都是草甸子,温软柔和。个别晚开的白玉兰依然高挂南枝,那种白,是一道道光,刺得天空格外蓝,钴翠的蓝,仿佛心里安了一面镜子,安宁,自适。长长的午觉过后,大人带着小孩外出,放风筝,或者草地嬉戏。

小区里的鸢尾总是晚春才开起来,众多的绿叶子围拢着一朵蓝奇葩，有把它抱在怀里疼爱的怜惜与懂得。可惜，白颜料倒多了，蓝只剩一点余韵，不比梵高笔下的钴蓝好看。

紫藤花瀑布一样攀在木架上，宛如绵绵不尽的恨意，也是一场紫色的没有尽头的梦，永远醒不了的梦；更似一个姑娘在哭，没完没了地，伤心欲绝。紫色作为一种感伤的色调，总与梦幻、虚无相关。一串串花骨朵，仿佛一首接一首紫色的歌，无比寂寥地在晚春的空气里回荡。这个时候，人坐在一架开花的紫藤下，特别能体会杜甫的五言——感时花溅泪，恨别鸟惊心。

海棠树乱花辞枝，梗中芒刺渐渐被一日胜似一日的叶丛隐蔽。春天本来就是迎新辞旧的道场，送客的总是无处不在的春风。风过处，百花如仙子，来了一簇，又走了一茬，原本没什么留恋的，仿佛生来放得下。晚樱的花开到盛时，稍微往前一步，就是衰残，硕大的桃形叶一天胜似一天。仲春是百花舞春风，到了晚春，基本上没什么惊奇事，就看绿跳舞了。我家后面有一片开阔地，生长着许多树：法梧，钻天杨，柳，雪松。冬天的时候，钻天杨的叶子落光，剩下一只只鸟巢，寒风里抬头看，高处不胜寒，要多孤单就有多孤单。如今，钻天杨把绿叶子重新披出来，绿荫缝隙间的鸟巢，被真心呵护着，是春风里一点点的暖意。

这几日，所有的树们，纷纷把一生中最新最绿的衣裳穿起，起初，因久不经阳光，一身身，皆绿茸茸的装扮，宛如婴儿刚自母体里被取出，有一点小兽的野蛮感。再往后，照了几日春阳，就都换成了翠绿。翠绿在大风里摇摆，转眼又成了碧绿。绿是大书，也是不断递进的句子，翩翩地，在晚春搭起了唱戏的舞台，惊天的锣鼓中，绿深绿浅，各自披着大氅出来亮嗓子，放眼处，穿红拂绿，新天簇地。

午餐时，抬头间，柳絮正于纱窗外飘飞，丝丝缕缕，扯不尽的白绸缎，在阳光下流泻——难道又要搭台唱戏了？不过是柳枝婆娑，垂得有些重了，人都替它有负累感。所谓好景看多了，经不住地惆怅。这种惆怅感，来自人心深处的珍惜和不舍，以及对于万物的体恤。

一年年的，这样过下来。春风不语，春雨无声，一个人究竟要历经多少春天，才会懂得天地些？

乡下的油菜花成群结队，在它们浓烈的香气里徜徉的，不仅是蜂蝶，还有一颗颗不老的诗心。豌豆花开得一年比一年低调，白绿相处，最见素心——豌豆花美得，是可以让人拿手捧起来疼爱的。跟豌豆做邻居的，一定是蚕豆。蚕豆花的眼睛一双双地，在绿叶中隐现，堪比天上星辰——这个世上，可还有比庄稼更美的植物？

置身乡野，荠麦青青，春风十里。而今，算是明白点"春和景明"的含义。但，人在现实里，难免不顺和，不明朗。心绪不畅，眼前的"景"则不"明"。那我们不如学学庄稼吧，哪怕与油菜那样也好，把漂亮的铭黄衣裳一件件披在身上，自己香给自己看；也要像蜂蝶，从一朵花飞向另一朵花——图什么呢？图自己快活！不问缘由，一切就在清明朗和之间。

——这大抵就是"清明"节气的用意吧。清明，在我们，不仅仅是给逝去的亲人上坟，更要去到田畴野畈踏青。踏青又为的是什么？为的是心境的清朗。回来时，顺便捎一把野菜，给餐桌增添乡野的清气。这么着，人便做到了天地随和。

清明之后便是"谷雨"。谷雨这个节气，似与城市一点关系没有，它具备浓郁的乡土性，大约是粮食的节日。在古代，谷雨这天，肯定要祭拜天地。所谓雨生百谷，意谓"雨使百谷生"——古人惜字如金，副词或使动词在他们的字典里无隙可乘。百谷作为人赖以生存的粮食，是土地上最贵重的东西。没有它，人就活不了命。雨是天，也是命运，是不可违的自然规律；谷为大地上的根本。然后自然地有了人类，一代代，我们就这么存于天地之间。

古人慧根无限，既观天象，也勘地情，将一年分成四季，再细分至二十四个节气，一个个地，搞得精准无误，让后来人尽情享用。然而，在古人的智慧面前，我们这些后来人，简直就是一群傻子，整天只知胡吃海喝，连带霸着五六套房子，一副"荫及子孙"的优越感。实则，子孙未必感恩——我们的子孙们所要的，不过是江河湖海被还原至远古清澈的模样。

立 夏

今年春天，温度一直低于往年的水平线，仿佛把这个春天的档期拉得格外长，总是沉溺在过完了还有的幻觉里。姚黄魏紫悉数开过，每一年都是西洋杜鹃来为春天谢幕。蔷薇，是独有的犟性子，立意把花期横跨两季，从暮春开至初夏。

立夏是春天的休止符，四季的交响乐也终于翻到了夏天的乐章。

一到立夏，自会想起杜甫的两句好诗——圆荷浮小叶，细麦落轻花。田畴野畈间，所有的庄稼植物绿意葱茏着。小麦出穗扬花，像是听到了一声哨响，葱青的芒刺统一戳向天空；池塘里陆续浮起苍青色荷叶，偶有风来，一波递过一波，微微地荡；青蛙鸣叫，蚯蚓拱泥……这么看，初夏比晚春更有生机些。蚕豆、豌豆可以出荚上锅蒸了。安徒生通过童话的眼，把豌豆刻画得简朴奇妙：

> 一个豆荚里有五粒豌豆，整整齐齐排着……它们觉得世界都是绿的。

一个人若始终保持纯洁无邪的心肠与天真任性的头脑，诗意永远不会远离他。

除了保持诗意心性，作为人，我们还要吃吃喝喝——就是这样的初夏时光，买斤把豌豆荚回来，坐小凳上，把豌豆一粒粒剥出，再割一块腊肉泡上。临午饭前夕，锅烧热，淋上几勺素油，倒入事先浸好的糯米，翻炒，香味出，加腊肉丁、豌豆拌炒。锅盖合上之前，顺着锅边沥一些水，改文火，慢慢焖。等起锅之时，豌豆饭的香味可令脏腑熨帖。

小时候吃到的豌豆饭滋味，至今仍存留于味蕾的记忆里，说不出，不能忘，但无法做。昨天，买一条瓠子红烧，吃到碗底，依然没能与小时候的滋味相遇——不知是味蕾功能退化，还是该怪瓠子自身。反正就是百般不对，扫兴得很。

还是说说四季吧——凡世间虚无的东西，堪称赤子情怀，永远不退场。

四季的画卷里，春天看花，夏天干什么呢？

还是树叶，可观，可赏。所谓日长树荫浓。樟树的老叶子全部落尽，整个树冠都翻了新，习习夏风里，从樟树底下走过，远古一样肃穆的芬芳追随而来，<u>丝丝缕缕</u>，牵牵绊绊，越扯越细，可寄怀，可静心。

这几日，适逢杨树吐絮，是纷扰的心事，缠得人一身一脸，撵不走，挥不去，直至钻入鼻腔，酥酥麻麻地痒，又无计可施，只好于初夏泛金的暖阳里打一串喷嚏。

合欢是慢热树种，这几天才刚刚把一生中所有的叶子披挂完,羽状对称排列,酷似"羽扇纶巾"的扇,更像道士手中的拂尘,被风吹翻到哪一边都飘逸不群。适合远望,仿佛满身存了细密的底气,一派名士风范。

泡桐是无比惊艳的树,蒲扇一样的圆叶子颠簸起伏,喇叭状紫花郁郁累累,沉得快要把整个树枝折断——世间所有美的东西都予人危险之感。要说漂亮,还数开着花的泡桐为最。但,泡桐不知道自己的漂亮,每年只管默默开花,自然,简朴,不铺张。自然界中有许多树漂亮,但它们都不知道自己漂亮。怕就怕一个人知道自己漂亮,时刻惦记着去开发。

记忆里,老家门前三棵泡桐,比我的年龄长,属村中翘楚,水桶般粗,垂挂的树枝经常扫到邻居屋顶。雷雨天气里,邻居家的鱼鳞瓦被我家树枝狂扫得哗然一片,我在家里看着邻居趁雨歇气呼呼扛把梯子上屋顶检漏,顺便把树枝砍掉一些。夏天里,喜鹊们最爱歇脚于泡桐树。乡下的风俗里,凡喜鹊在门前树枝上喳喳叫,抑或柴灶里的火发出呼呼的笑声,即意味着有远客临门。小孩子知道这个事,特别开心,尽管远客一次也没有登门过,往后遇到了喜鹊或者火笑之类的,照样快乐得不行——童年的乐点低,许多时候都是喜悦的,自娱自乐的。人一生都应该具备自娱自乐的能力,不因俗世纷扰而蒙尘。

童年的视野里,倒不觉得泡桐树有何可观性(可能泡桐花的香味过浓之故),只心心念念把目光投向构树。春末夏初,构树果子红熟起来,摘一颗放嘴里,漫山遍野的甜。树顶够不着的,都被鸟啄落到地上,血红狼籍,令人痛惜。

构树是一种受虐的树,需要大人每年春上拿刀在树干上砍一遍，通体鳞伤，白浆汩汩。似乎大人说过，只有被刀砍过的构树，才会长。

还有苦楝，老家北屋旁有一棵。弟弟当年就是爬这棵树把腿骨折了的，导致那个长夏，我与妈妈轮流背着他，走遥远的路，去找一个退休的骨科医生帮助矫正。我对苦楝的感情一直大而化之的，直至去年初夏的一个黄昏，在天鹅湖西岸一幢别墅后门碰见，浅紫的小碎花布满整个树冠，迎着夕光看去，真是奇异的美呀。说摄人心魄，一点也不夸张。这几日，正值苦楝花期，每次下班经过，都不忘看看它，然后默默赶路。是不是，透过中年的眼望出去，世间一切生命都可珍可惜？

槐树一直好看，珍珠一样的花束垂落于晚春，到初夏，只剩满身绿叶，衬着赭黑的树干，风来雨去的，那绿意一日盖过一日，是情深之人，必有向往。

黄昏的时候，叫孩子立在樟树的浓荫里，为他拍照——夕阳一团火一样，隐在树叶的缝隙里燃烧，有金光美彩，衬得童年和树，历历动人。可惜我家没有可供蔷薇栖身的小院，不能领略到"水晶帘动微风起，满架蔷薇一院香"的邈远之境。但，门前的大片萱草即将抽薹，它们赤金的花指日可待。还有竹、龙爪槐、枫、冬青……皆自成格局，绿得慷慨。

绿在初夏，是一个动词，飞翔着向季节致敬。

小满，小满

二十四节气里，"小满"仿佛乡下人的一个乳名，给人一种灌浆的幻觉，油菜芙郁郁累累，沉甸甸的松花黄，一路铺向天边；小麦青黄相间，蚕丝一样纤细的白花尚未落尽，数不尽的一念一时一地的感怀。菜园里瓜果菜蔬，呈现出一年里最繁盛的景致，小白菜秧虽被虫子吃到豁了边，依旧绿意葱茏，瓠子、丝瓜、南瓜、葫芦的藤蔓肆意延伸，豆角秧的触丝已经攀到架子上，茄、椒的花期一波胜过一波。留下来年做种的芫荽、茼蒿陆续结了籽实。长在地边的艾，绿蓬蓬的香气格外醒脑……低洼处，塘堰边，青蛙数不尽的"呱呱"声。人站在地里，放眼四望，仿佛千年万年陷于绿天绿地里拔不出。

河边的蓼最好看，赤红的身体骨感寡瘦，开浅紫小花，满身清气，但也不孤高，河水一般淡淡远远，天生具有入画的气质。画蓼画得好的，还是古人——无论画，抑或作画的人，都是独孤的，跟喧嚣的人世隔了一层，这一隔，便隔出了美和艺术。就像齐白石的《稻雀图》，两枝苍黄的稻穗上停着一只麻雀，简约几笔，让我看了又看，心中江海翻滚，满身菜蔬气的齐老头，下笔如此清丽出世。

除了蓼，蒿子也好看，蒿子开花，比稻麦扬花更动人，天生不被人类驯服的山野之气，有逸然之态。这时候的乡下，漫山遍野都是小满的气息，饱满，悠扬，是老牛竹笛，暮色晚归，也是细雨横斜……

在城里，这种气息会被削弱，无论走到哪里，都绕不开着火一样的石榴花，比着火更用情的还有合欢树，开花不分昼夜，仿佛把一生的美都捧在手心呵护。几场雨后，粗壮的樟树上布满苔藓。绿作为一种鲜嫩色，附着在樟树苍黑的躯干上，一明一暗的对比，好像一个穿黑裤的女性，披了一件绿裳，端庄里不失灵气——走到"小满"这一程，才发觉，季节原来是一种递进句式。立春是把一年的调子定下来，惊蛰则加强一下语气，再佐以雨水、谷雨铺垫，转身到了小满，该来个飞跃递进了吧。于是，所有的植物都听话，在递进句的引领下，一日深似一日——极目处，皆是阴翳，倒应了书上说的"嘉木清圆，树荫好凉"。

家门前小竹林里，清瘦的笋子前仆后继往外钻，个别的，离竹群远得很，仿佛赌着气，喊都喊不回来；大片萱草到了花期，赤金一样的花被举在头顶。孩子们不明就里，以为黄蝶，颠晃着去捉，揪一下，再揪一下，五瓣大花落雪一样簌簌而下，周围的几十朵，也不便过问，依然开得憨痴。

每一个尊贵的凌晨，总是苦于被房前屋后的鸟雀们吵醒，南卧换北卧，依然于事无补，干脆爬起来，无事可做，索性给露台上的南瓜再浇一遍水，顺便望望黎明前的天空，慢慢地，天也亮了。去菜市，买点毛豆壳，回到小区，找一处树荫，坐下，一颗一颗剥，漫漫溻溻里，把日子过得淡远些。李商隐写：深居俯夹城，春去夏犹清。就是这么个意思。这里的"清"，应作"淡远"解。

天，终于热起来。大人从床顶抽出几张久违的席子，有草的，也有竹篾的。小孩兴兴头一张一张抱到河里。打开席子，整张铺在河面，小刷子仔仔细细刷，每一处褶皱都不漏掉。夏天用的东西，除了席子，还有竹榻，宽窄尽有，宽的可容两人，窄的为小孩而备。我们同样不辞劳苦，一张一张地，把它们抬到河里洗。

记忆里，一直有麦色的竹榻配金黄的咸鸭蛋这个意象。遥远的二十世纪七八十年代，每一顿夏天的晚餐，我们都是在门前的院子里完成，以竹榻当桌，四面围上小竹椅。满满一白铁锅绿豆稀饭蹲候一旁，咸鸭蛋切瓣，堆在瓷碟里——童年的长夏美丽无匹，可以慰藉一个人很多年。那个年代，没有电扇、空调，屋内闷热，大多选在露天睡眠，小孩子没甚瞌睡，需要看过多少星辰听过多少蛙鸣才能进入梦乡？无尽的星光月色萤火虫，同样可以把一个人日后的梦境照亮。

在城市里生活了二十多年，始终没能学会领略城市文明，秉持的还是一个乡下人的视野与见识，走到植物繁盛之地，会不由自主多停留一阵，并心生喜悦，如同看见长势良好的草坪，第一反应就是——如果用来放牛该多好哇！

时代的步子不知比动车还要快多少倍，所谓的乡下，是回不去了。据说中国有80%的河流被污染。我的家乡也不例外吧，可以想象，那些原本曲折有致的小河之上白沫翻涌，塑料袋杂拌其间的凋败之象。那么，我在露台上种两棵南瓜一棵扁豆，权且算是对于乡下日月的致敬，也是对于节气的一种默然回应了。

初夏

初夏最值得过,因为有栀子花。栀子花开在芒种与夏至之间,整个六月仿佛都被栀子花的芳香覆盖。小区绿化带里,一丛一丛的复瓣栀子树,不停地长出新叶,油绿绿的,宛如一片片瓷被雨水打磨,泛着微光,青翠欲滴,是一刻不停地新生,予人清凉之感。傍晚散步,忍不住摘几朵,攥在手里,一路走一路闻,淡淡袅袅,一枝一叶慢慢滑入浓酽的夜色——世间美好的事情,都是因为栀子花而发生的。上班途中,有一条天鹅湖路,植有许多观赏植物,含笑、蔷薇的花期已过。合欢花落了一地。四五棵小叶栀子,匍匐于道边。这几天,小白花废寝忘食地,开也开不完——小叶栀子花大约是最勤勉的花,像一个天性乐观的人,虽然整天有做不完的家务,但不急不躁,且看一件一件地做到妥帖。青苞,白花,绿叶,不过是平凡的案头小品,或者挂在书房,明目,醒神。暗色系的窗帘永远垂闭着,幽禁着一屋的栀子花香。

盛夏即将登场,是过一天偷生一天的辽阔悠长。单位洗手间水台上,一直清水高瓶地养着一把四季竹,忽然有一天,瓶口竹缝间浮起一朵洁白的栀子花,每次洗手,芳香阵阵,头发上都有了香,余情未了的香,以至人走到哪都香飘飘的。

栀子花是有灵魂的吧。蚊帐早已挂起,入夜,拿几朵,放在枕边。栀子花的香,携带着甜美肥郁,可以把寡瘦的梦境衬得圆满。栀子花的香,也易教人消沉,只想枕着它的广大无边,魇过去,魇过去,一直都不醒来,天地洁白,铺满栀子花香,走到哪里都有芬芳尾随。

李白写诗——"荷花初红柳条碧",就是这个时节吧。芒种,依旧属于乡下。记忆里,荷花初开,总与小麦动镰、山芋初插的事情联系在一起。

山头坡地的那些麦子仿佛一夜间倒伏下来,它们被连夜铺在稻场上,用石磙碾,用连枷打。海子有诗:看麦子时我睡在地里/月亮照我如照一口井/家乡的风,家乡的云/收聚翅膀/睡在我的双肩/麦浪——天堂的桌子/摆在田野上/收割季节/麦浪和月光/洗着快镰刀……

割完麦子,麦地被修葺一新,变成窄窄的一垄垄,在垄上用锄头掏个小坑,可容一捧火粪的体积,以备扦插山芋苗。所谓火粪,是将木屑、干牛屎埋入细土堆里反复烧制而成,是基肥,好比育儿初始的母乳。旧年下在窖里的山芋,总要留下几根个头饱满的做种——我们叫它山芋母子。山芋母子是春天埋在菜园里的,底料下得肥足,以至春后一经冒藤,便痴长起来,把整个菜畦都遮盖住。

插山芋苗这种农活,宜在雨天。人们穿着雨衣,赤脚蹲在地边,把整条山芋藤细剪成一叶一梗,码在篮子里,沿着新翻的土垄，边走边插。倘若连续下几天雨，山芋苗会活棵得快些。不巧碰上烈日当空，也不可怕，每个黄昏挑水来浇浇就是——慢慢地，那些独梗独叶的山芋苗在新地方也就生了根，簇崭新地活下来。接下来，松土锄草，一锄一锄在垄上拂，既帮刚刚活棵的山芋苗松了土，又除了杂草。松完土，施肥，是淡肥，将人畜粪便用水稀释，略略地描一下，所谓定根肥。

等把山芋苗伺候妥当，也是高蝉晚唱，夏天渐渐地深了。

站在村口望坡地，山芋苗青扑扑的，一日异于一日，肆意在垄上沟里延伸，直至葳蕤一片。等到三个多月后的农历九月，才有山芋可挖。

对扦插山芋苗如此上心，大约源于无比热爱吃这个东西之故。我家每年种得极少，总不煞馋——心里的念想得不到满足，格外记得深。我妈年少时，正值饥荒之年，一日三餐全仗山芋充饥，吃伤了脾胃，及至她对种山芋缺乏兴趣。家里的地大多被她用来种植芝麻绿豆花脸豆之类的农副产品。我们枞阳那里的土质极好，产出的山芋口感粉糯。一个个红皮白肉，呈圆锥体形，堆在那里，特别有品。隔了许多年忆及，不免竦然——童年的食物替终生的口味奠了基培了土，只此一味，倒是长不出别样东西来。

芒种以后，会不自觉地将记忆的日历往后翻，脑子里过电一样回忆着，那些不复再来的扦插山芋苗的时光，仿佛闻得到泥土被雨水打湿的土腥味，以及触脚皆是的泥泞坎坷。总是遇到相似的雨天，心里残存着少年时代的美好，来到中年的眼前，不免惬意。抑郁性格的人，原本不喜欢多雨潮湿的天气，甚至过分时,有过"天阴雨湿声啾啾"的凄惶,但回忆如若吃糖,永远把一份甜留在心底。

当山芋苗开始牵藤,端午差不多近在眼前。无非可以吃上几只粽子,净素的白米赤豆,剥开来,热气氤氲……端午这天,把菜园旁的新艾砍回,插在门楣,猪圈上也不错过。在乡下,每逢过节,便显示出仪式感,虔诚,庄重,像是一种与生俱来的信仰,一颗心有所依,便有所归了。河里的菖蒲是野生的,今年拔,来年长,生生不息。菖蒲与新艾相互绑定一起在门楣上出镜。菖蒲象征的意象是宝剑,起到避邪的意思。这天,做小孩子的,还能吃到烧熟的新蒜,从地里新揪的,用火钳夹到大灶热灰中焖熟。端午这日,小孩子但凡吃了烧蒜,便不再患肚痛的毛病。可能应景了两层意思:一则为节日尝鲜之意;二则饱含着大人对于小孩的良好愿望与寄托。孩子们吃得满嘴黑灰,顺手一抹,余下回味不尽的甜甘。

逐年过下来,我的见识与幸福的泉源,也仅仅止于目前了吧,往后不可能再有天翻地覆的变异,不褪色的永远是乡村生活以及身在其中的年少时光,真是没齿难忘——人都是在一次次的感念里悄然老去的。

过了端午,便是夏至了。所谓端午的粽子夏至的面,吃过这些,便到了盛夏。盛夏,对于孩子们,简直是狂欢季,不仅仅有蜻蜓、蝉声、萤火虫,最隆重的是,可以任意到门前的小河里游水。日日午后,小河里仿佛纠集着整个村子的少年,嬉戏打闹,男孩子从高耸的桥墩上纵身而下,女孩子和衣浸在浅水区,或者两只胳膊倒撑于身后,将两腿前伸,小鲳条肆意啃着脚丫，兴许昨夜刚被蚊虫叮咬过的一个小疱正在发炎，小鲳条闻腥而至，一小口一小口地在泛红的疱上啄食，酥痒得叫人立即睡去。每每日落西山，孩子们在大人的威吓下，极不情愿地自河里起身回家，一路走，一路踌躇，一路湿答答的脚印子。

但凡有过乡村经历的人，自会真正懂得河流的不易与珍贵。相比从小喝自来水长大的城里人，对于河流污染这个事件的木然来，我们乡下来的人在心理上的反应就会强烈些，好像触及灵魂上的东西了。一个人的童年，曾被洁净的河流沐浴过，也算有幸。

只是，这些曾经出现在我们生命里的一条条河流，在当下的中国，正日渐式微。

四季流转，栀子花香永在，四时节序依旧守信地配合着庄稼的生长讯息，而人心却在一日日地霉变，那些曾被清澈的河流恩泽过的童年，业已消逝不复重来，只能在记忆的版图上显出稀世的完美。

乡下的气息

星期天,开车离开市区,往南,一直走,一直走,终于见到一个绿树掩映的村庄。

村子前后,一望无际白亮亮的池塘,每个塘口均不大,大约一亩见方。有的养鱼,有的种莲藕。塘埂上连绵的菜地,小白菜秧、空心菜、韭菜、紫茄子……马铃薯开着青紫的花。天气太热,蜜蜂、蝴蝶都藏起来了。黄瓜藤在架子上,黄色的花早已枯萎,依旧坠在松青色的瓜蒂上,所有的叶子上藤上都布满了刺,毛茸茸的。早黄豆差不多要拔光了,迟黄豆苗正一刻不停地长着,一茬接一茬,生生不息。除了菜地,塘埂上还有平房,屋顶上是青灰色的鱼鳞瓦——这年头,哪一样建筑物不是钢筋水泥垒起的?鱼鳞瓦宛如一种稀有的品质,真少见。

碰见一个塘口拉网收鱼,赶紧跑去看。男男女女穿着一种改良过的连体皮衣,小腿部位接的是胶靴。渔网慢慢收拢,白鲢翻着筋斗,挣脱到更宽的水域。最后,他们捉的是汪丫鱼。有一个收鱼的老板在候着。一篮舀下去,足足五六斤,汪丫鱼大小不一,其间混杂着螺丝河蚌。原以为小孩会雀跃欢呼,不料反应平静，可能天气闷热之故，太阳晒得无处躲藏。三十年前，碰上涸塘，真是跟过节一样快乐，等大人们把鱼全部取上来，小孩子才可以下去摸河蚌螺蛳，最好的还能收获一点漏网的小虾。三十年前的人，仿佛没有现代人聪明，只知道往塘里投点廉价的白鲢苗，鱼饲料尚未诞生，一年下来，白鲢那么瘦，最多长到五六两左右吧。唯一的好处是，天然的缓慢生长，口感好。

村子周围的水稻田，几乎全被开垦出水塘养鱼养藕，随便走到哪里，都是扑面而来的——水的气息，特有的，熟悉已久的，非常好闻的水腥气。这种水腥气，在一个人的生命里消失了三十年，尚未被忘记。

站在藕荡下风口，闻荷叶的香味。这种味道特别微妙，貌似可解暑，清凉油一般直往鼻腔肺腑里钻——清新的植物的气息。蓼在塘埂默默开花，略显单薄，与小时候是一样的，适合远观，有虚无缥缈的美，仿佛得不到，但又近在眼前。

村子旁边的旱地，不是荒芜着，就是租出去了——有的盖了蔬菜大棚，有的种植蓝莓。蓝莓价格奇高，60元一斤，入嘴，类似于桑葚的味道。蓝莓小屋门口躺着一只被打死的野鸡。据说这一带尚有野鸭出没。举目四顾，蓝天下一马平川的原野沃土，天际线边笼罩着白茫茫的雾霭。应该"入梅"了吧，空气的湿度明显浓了，置身旷野，即便有风，也呼吸不畅，偶有胸闷之感。

我们在大棚里亲手摘了五六只紫茄，四五条一尺见长的丝瓜，自然成熟的西红柿，一把长豆角……孩子站在大棚门口小脸晒得虾红，纠结哭闹着要回去——难道，作为小兽一样的稚子，就没能发掘出一丁点田园野趣？

到底是两代人了。从哪里来的，到哪里去。倘若一个人梦里都是乡野的气息，那也只能说明他的婴儿期、少年期在乡间度过罢了。除此之外，别无其他。如今，村庄在一年快似一年地消逝着，城镇化的路是一定要走上的。问一下村里的年轻人，谁没有过对于"城市文明"的向往？

一位妇女顶着烈日在地里锄草，被磨得光亮的锄头柄，握在双手间，一下一下运动着，脚下是嫩生生的黄豆苗，头上麦秸编的草帽，身体在青蓝色的衫子里瘦得出奇。一大片黄豆地，就她孤独的一个人。

因为辛苦，也产生不了多少经济收益，理所当然，许多村里人弃田，来到城市工厂的流水线上。而像我这样的久居城市的人，又厌倦了所谓的"城市文明"，一心惦念着乡野的好，比如整一块菜园，自种自食，但，若自己种稻收米，怕是搞不动了。

回到家，把豆角烧了，嗯，是小时候的味道；丝瓜做了一盆汤，也是绝味。现在市场上售卖的长丝瓜总顶着一朵朵健壮的黄花，好几天都不衰落。据说激素所致，一直不敢吃。黄瓜也是，总坠着日不落的超大黄花，一看就不正常。

生在中国，我们一生要吃进多少激素？

从乡下大棚摘回的几样菜，珍宝似的，舍不得吃，存在冰箱里，一天做一点。今天，把几个瘦西红柿切开，有籽，属自然熟透，表明没有涂催红素。现在市场上大量出售的西红柿，买过无数回，没有一次碰见有籽的。

是不是中国人口太多，而且特能吃，造成供不应求的局面——不仅猪牛羊马、鸡鸭鹅鱼要缩短养殖期，连蔬菜瓜果都逃不过这种即成式的命运？然后，催生素和激素就被绝顶的中国人发明出来。

在中国，人活两难——乡下人向往都市人的轻逸，都市人羡慕乡下人果腹的有机绿色。实则，两头人都活得难，两头人都不知道往哪儿奔。中国底层老百姓的生活现状无非如此。其中的大多数，现在和将来，注定在这样的环境里挣扎浮沉。只有极少数，凭借雄厚的经济基础，让下一代离开这里。如此这么，现在的幼儿外语早教生意日渐兴隆——那背后挣扎着的，都是为人父母的血泪……

而大多数，聊以在平凡的日子，毒瘾大发一般，间或往乡下跑一趟，侥幸带点有机绿色回来，点缀一下被激素包围的生活。

盛夏

小暑开轩卧，大暑汗珠融。说的就是眼下的溽暑。韩愈有诗：如坐深甑遭蒸炊。讲的就是伏天里，人像在铁锅上的笼屉里蒸着。这种屉里蒸的日子，江淮一带的人每年至少过够两个多月才算完。

城市里，遍布水泥，空调，烟囱，一年比一年热——置身户外，水泥地上反射的热浪，恶狗一样直往脸上扑，有被火烧的焦灼感，连呼吸都困难起来。太阳倒积极得很，每天凌晨五点左右便兴兴头露脸了。六点半左右去菜市，阳光打在胳膊上，都是灼热感。四周的一切，猛兽一样伺机静候着，随时会扑出来将人撕扯一番。小风凉幽幽的景况不过是永难再来的往昔，一齐留在童年的记忆里蜕化，最后成了一具具蝉壳。

每天午后上班，汗珠急急跟了一路，途中，偶尔抬头看路旁杨树，树巅的叶子哗啦啦地被什么撵着，有力挽狂澜的气势，于视觉上似乎有一点凉意。继续往高处望，是蓝天，却是静止的。连蓝天也被热得失去了表达能力。盛夏的天，空无一物，仿佛也可以盛下一切，包括蝎子一样蜇人的阳光，而人间就是一口盛满水的大铁锅，翻滚着，翻滚着……

不如回到小时候凉快去。

大日头里，走在河边，甘甜的水汽掩面而来，直把肺腑填满，身体忽然有了一种神秘的悬浮感，如若置身水中，每一个毛孔被水拥抱着安慰着，原本沉重的肉身在水中一点点地被抬升，最后终于达到了界点，一部分重量消失，人有了悬浮感，好像一只气球被风送至高空，耳边风声满满。凡予人悬浮之感的地方，皆可称为"天堂"。

在乡下，天堂是一条条洁净的河流。莲荷、鸡头菜、菱角菜并称为三大主角，在盛夏的河流占尽风光。

荷叶和莲花，既清气，又妖气。一阵风来，芬芳馥郁，松绿的荷叶倒伏摇摆，红花白花杂糅其中，有不容侵犯的凛冽，一层一层又一层，把自己打开，露出黄蕊，在心坎上缝一圈流苏，小莲蓬被细心呵护起来，无处不在的母性。有些莲蓬差不多可摘了——荷叶梗上生有芒刺，下河偷摘一次莲蓬，胳膊及腿上擦痕累累，钻心痛。

鸡头菜基本属于野生，在给稻田车水的间隙，和衣下河。水流清澈，整棵鸡头菜的轮廓毕现于水中，拿砍刀往泥里挑一下根部，整个鸡头菜连根浮起，拖上岸，坐在田埂上，一点点地剥。把鸡头果割下，浑身都是长刺，拿鞋底轻踏住鸡头果，温柔一捻，整个鸡头果裂开，淡紫色籽粒济济一堂，每颗籽粒外围包裹着一层透明状的衣子。衣子也能吃，入嘴，滑甜滑甜。鸡头果不能太老，老了，壳坚固，不易咬开，甜味也会打折；嫩了呢，会涩苦，吃不出什么名堂；要选正壮年的鸡头果，一颗颗抿在嘴里，微微的甜慢慢扩散，其滋味像极干嚼茶叶吐掉再喝一口水后的余甘，袅袅地在舌上氤氲，是国画中的一滴墨在洁白的宣纸上洇开，成了一片远山，一条寂溪。鸡头秆与荷叶梗一样，浑身是刺，耐着心把皮撕了，放嘴里，猛嚼，饱了肚子，也解了渴。一整棵鸡头菜可以剥下许多根鸡头秆，当场吃不掉，带回家清炒，略加一点红椒丝、几瓣蒜，热气腾腾端到饭桌上，得之不易的下饭菜。

几十年后，小儿屡屡积食，偶然于网上查及：用芡实熬水，可消积食。听见风就是雨，即刻前往超市，急急惶惶寻找一种叫"芡实"的玩意儿，终于在杂粮区见到真容——那一刻，简直一道白光划过夜空，一下把往事照亮。这所谓的"芡实"，原来就是小时候经常吃的鸡头果。城里人时兴学名，鸡头果的称谓，倒透出乡下人的憨实，因那个毛刺刺的东西状如鸡头，故名之。

我们村里的菱角菜除了野生的呈青色外，大部分都是种植的猩红色。把头年留下的个大饱满的老菱角下窖藏起，等到第二年春上，拿出，到河边，一只只裹上泥巴，扔到河里——时光荏苒，出苗，抽藤，直至布满整个河面，盛夏开白花，花落菱角出。果实两个刺，浑身彤红，剥开肉白，掐得出水来。菱角米，嫩的，生吃起来清脆甜美；老了的，或清炒当菜，或煮粥当饭……说不尽的软糯清香。菱角的叶片接近于蜡质，可反射阳光——布满整个河面的菱角叶，在白日下自顾自绚烂起来。一步步近河边，隐隐地，鱼儿咬菱角秆的声音此起彼伏，嘈杂成一片。那境况，一直苦于形容。直至某天，听马友友用大提琴演绎德沃夏克的《寂静山林》，鱼咬菱角秆的情境恍然盘旋——并非嘈杂之音，而是来自幽深之境的天籁。马友友的琴声悠沉肃穆，一步步往幽深处弥漫，仿佛有冷意，穿行在一个又一个多年不见天日的洞穴，极目处皆是青苔以及古老的蕨类，脚下的松针经年不朽，林木命运一样矗立于雪山之上——终于抵达了自然的壮阔。

这些，已成旧事，原本不值得流连。前些天，买回一把南瓜藤，坐在矮凳上，在黄昏里慢慢撕皮……将其洗净，正待下锅时，忽然对这个步骤不确定起来，赶快电话问爸爸：南瓜藤下锅前是否要拿开水烫一下。他在千里之外，一番指点。将灶火熄灭，重新过滚水。那头还叮嘱：油要多，拍几瓣蒜。

那顿晚餐是绿豆粥。被大火撩过的南瓜藤，新鲜滴翠，绿衣未改，有毛茸茸的口感，依然几十年前一样地下饭，而外头早已月明星稀，一如我的现状——人生已过午，一切都不似从前了。

记忆里，还有一种树，我们叫它洋蜡树。每到夏天，有一种昆虫喜欢隐匿在洋蜡树上，它们擅长吐丝，白亮亮地。如果恰好你自树下过，那昆虫恶作剧一般故意吓你一下，就忽然吐出长丝从你眼前倒挂而下——我们称其为"吊死鬼"。吊死鬼比蝉还要吸引小孩子，盖因技艺超群，空翻表演从未马失前蹄，一次次完美地将身体恰到好处地悬在树枝与地面之间。小孩子学不来这个，暗自艳羡。至今我还记得。

那些年的菜

连续高温,搞得节气都不好意思立秋了。

厨房蒸笼一样,一张脸穿行在空气里,都是灼热感,仿佛离开空调活不成似的。水龙头里的水,温的,把鸡毛菜泡在盆里不到一小时,就会走味。这样的热浪,简直躲无可躲。

每天中午的三菜一汤,简直一场酷刑。若一个人过日子,肯定叫外卖。无奈家有小儿,不得不迎头赶上。人被热浪烹得没有一丁点胃口,只有大口喘气的分。有时强制性让自己吃饭,竟有恶心之感,强大的意志总敌不过剧烈的生理反应。

暂且试着去菜市,寻找一些小时候的菜回来调剂。今天买了一把山芋梗,一根根,把皮撕净,折成寸段。烈火温油,加蒜片、小葱爆炒,起锅前,滴稍许醋——与小时候一样地下饭。倘若嗜辣的,加一只红椒配一起,口感更佳。

这盘素炒山芋梗,孜孜不倦地将味蕾鼓舞着,让人足足扒下一碗饭。

实则,冬瓜皮才可口呢。需要一次性买回七八斤冬瓜,削下的皮才够炒一盘。家里人口少,炒冬瓜皮的愿望,每每落空。冬瓜皮易朽烂，不能一点点地凑份子储存起来。过去，乡下人干体力活，每顿饭可以吃掉半只冬瓜，削下的冬瓜皮相当可观，晚餐的桌上总有一盘炒冬瓜皮。一家人的筷子纷纷往里戳，赚足人气。

买回茄子，茄蒂不丢弃，剥下放冰箱里攒着。一天，一天，到足足买够四五斤茄子以后，才攒下一小盘茄蒂。把浑身带刺的茄蒂拦腰掰开，抽掉里面的梗，切丝，配一两只青椒。茄蒂的口感异常毛糙，特别需要重油伺候。

粗糙的茄蒂，嚼在嘴里，说不出的故旧感，是一身燥热忽然回到了蓦然的阴凉里，但见浑身温润起来。

有了一小盘茄蒂，最好有粥。喝一口粥，夹一点茄蒂，用力嚼，越嚼越香，间或一两根小毛刺把上颚顶着了，旋即，那刺又软柔下来，像极了——小婴儿将刚刚冒牙的牙龈一点点拱你的胳膊，麻酥酥的。

说来说去，夏天最值得向往的还是——菱角菜。野生的，更好。赤脚去河里，拽一把上岸。湿淋淋的，就势把它们归整归整。野生菱角菜小得很，打理起来难度大一些，无非要耐心。把所有的叶子掐掉。把浮漂掐一半，留一半，让栖息在里面的虫子爬出来。把秆上的毛捋掉。放在大青石上揉，揉来揉去，所有的水锈都揉尽。回家细细切碎，与蒜瓣同炒。这个玩意儿也费油，同样口感粗糙，嚼起来咯吱咯吱响，但是没办法，它就是下饭。

小河也窄，野生的菱角菜就那么多，今天你拽一把，明天他拽一把，没几日，徒剩白亮亮的河面，以及几只家鸭在凫水。家养的菱角菜，更少，大多拿街上卖去了。我们做小孩的，可不管这些，趁人不备，下河偷。主人也慷慨，有时在家门口明明见着了，也不喊破，随我们去。

　　家养的菱角菜，面盘大，彤红的秆子粗且长，清炒后微涩。腌起来，再吃，则风味佳。入嘴，软绵绵，但又不失嚼劲。腌制好的几碗菱角菜，一两天内吃不完，慢慢地，会发酵，可谓腐烂了的。可别看这一味，浇点菜籽油，清蒸以后，直抵海味山珍。小时候，一年年里，吃过几多此等美味，仍然留在记忆里挥散不去。

　　记忆里，酷热的年份都是大旱之年，菜园里萧瑟一片，豆角、茄子、壅菜等早早被烤死，只剩下苋菜长势良好——拦腰掐了，一夜间，又冒出来，枪膛里推出的子弹一样砰砰的速度，简直听得见苋菜呼啸生长的声音。

　　我们那里流行青叶苋，尖叶，齐簇簇地朝天，松青一片，耐看。苋菜秆既粗且壮，水嫩得很，不舍得丢弃，将之撕皮，掐成寸段，用盐腌，三两天后，入锅翻炒，用来佐粥，入嘴，齁咸。十几年前，读知堂，他也特别说到家乡的腌苋菜梗，同样咸到发齁。

　　无论苋菜，还是苋菜梗，天天吃，也生厌。我们会想办法，弄点别的回来。

　　地处丘陵——没完没了的山芋地。到了晚夏，有些山芋梗，枯了，落在地上。我们把枯萎的山芋梗捡回，温水泡发，烀出来，有干菜的特有香味儿。餐桌上，除了苋菜、苋菜梗，总算有了别一样。

韭菜地里肥硕的马齿苋，把它们统统拔了，放青灰里揉啊揉，揉啊揉——直到绿浆滚滚，置烈日下暴晒。将干马齿苋泡发，红烧，风味尤佳。

荒乡僻野之地，经济落后，也没什么鱼肉荤腥，倘若遇上一碗红烧马齿苋，也算是打了一次牙祭。

韭菜地乃肥沃之地，每年的鸡粪鸭粪鹅粪，一齐被埋在韭菜根边——韭菜割了长，长了再割；马齿苋，今年拔了，明年再生。年年如此，无须撒籽——上天是舍得犒赏我们一次的。

除了茄蒂生毛，南瓜藤上同样毛茸茸的。空心的南瓜秆撕皮，捏扁，嫩叶不摘掉，放一起炒——一盘绿翡翠闪着白光，那白光是一颗颗肥美的蒜粒，在七点半不落的斜晖里跳跃，桌边人在喝着一碗碗清亮亮的粥……

丰裕与荒凉

夜里，睡不着，忽然想吃炒粉粑。在无眠的夜，把炒粉粑的制作过程前前后后回忆了一遍，颇感慰藉，渐渐地，也能睡过去——梦里是辽阔的草原，五六只被剐净了肉的羊头整齐码垛在桌上。我让老板来一块羊肉烧饼外加一碗羊肉汤。身边来回许多大白鹅——风起时，翩翩的样子，有惊鸿照影的不可排他性。不用打听，那草原肯定是额尔古纳，将来一定要去的地方之一。

昨天，在单位翻日历，竟然到了"七月半"。二十多年过去了，我的味蕾却还能对这个节日作着深切的呼应。

在老家，每到七月半，家家备炒粉，做炒粉圆子，为的是——去野外，祭奠各路神仙鬼怪。

初春出生的小公鸡，经过漫长的时光洗礼，羽翼渐丰，可以问斩了，以蒜瓣、白糖清炒。据说很补。当然，地位卑微的女孩子是补不到的，都进了家里主导男劳力的嘴，女孩子们顶多吃个鸡头鸡脚，或者鸡脖子而已。

实则，七月半的祭奠不过是一种仪式，到末了，所有的炒粉圆子都入了我们的嘴。身处贫瘠的二十世纪八十年代，饱餐一顿炒粉圆子，对于同样拥有一副贫瘠肠胃的孩子们来说，相当不易。

将碎米剔除的粳米淘净，入水浸泡一夜，捞起沥水，倒簸箕里，稍微吹三两小时风，收起，入地凼，用石锤碾砸。这个过程繁琐，需要两人合作，一个抢锤，一个不时拿一只手去地凼翻抄。出粉了，就把它们从地凼里一瓢一瓢舀出，过筛，细如白面的米粉自筛眼鱼贯而下，粗米粒继续倒入地凼，碾砸。

量米的工具叫升，我们叫"米升子"，一斗即十升。每家都喜欢做五六斗米的粉。这需要半天工夫才能碾完。各家轮流排队，米粉碾完，主妇的发上、眉上，恰如下了一层霜。一般都是力大的男人抢锤，心细的女子筛粉。

我爸常年在外，这个事情就由我和我妈协作完成。正值弱龄之际，有着长长木柄的石锤，我仅且举起三两下，余下的，皆安坐于小凳上筛粉。

等所有的米，都变成洁白的粉，把手插进粉堆里，尚有余温——是米分子在石锤的暴力碾砸下而发生的质变，是粉身碎骨，也是就地重生，才有一口一口的热气。

端一盆粉回家。铁锅烧红，一瓢瓢湿热的粉重新被倒进锅，以铁铲，一遍遍翻炒，直至色泛金黄，焦香满溢。人在其中，有飘飘欲去的幸福感。

这么些年来，我对炒米粉的焦香，豆浆的鲜香，腌菜的咸香……一直不舍，甚至不惜，于梦里重逢，真是应了邹静之写在《一代宗师》里的台词：念念不忘，必有回响。

粉炒好，要趁热散开在簸箕里，阴干，这样存起来，才不至变质霉烂。除了七月半这天拿点出来做圆子，余下的，随吃随取，还可做炒粉粑。

炒粉粑，一般都是实心粑。取点现成的粉，以温开水拌匀，反复揉搓，直至熟了。所谓"熟了"，乃家常言，无以解释，与北方的"醒面"意思相近。揉熟的粉放在案板上，继续揉成长条状，再揪成一只只粉团，放掌心里团一团，团圆了后，双掌稍一用力，压扁，一个米粉粑便成了。拿它们或贴锅沿炕熟，或丢进滚开的粥里焖熟，随口味定。

我最喜欢，喝一口粥，咬一口米粉粑，干稀互见，足抵平生酣梦。

炒粉圆子里一定要放馅，黑芝麻拌白糖。刚刚出锅，冒着白汽，等不及了，飞快地咬一口，白糖早已成水，和着喷香的芝麻粒——却原来，这世上，所有长久的香味，均是甜美的，它于舌上，盘桓，流转，欲来又拒，久而不散，其媚，其艳，无可诉说。

米粉于千锤百炒的打磨之后，大米分子早已涅槃，羽化成仙，好比一块泛着毛边的老粗布，经不住时间的砥砺，蜕化成一块清凉软绵的绸缎。相当于吃顶好的巧克力，整匹绸缎慢慢滑入腹部的纵深处，轻盈欲仙，是一路风起，一群白鹅翩翩。

春夏已逝，一年眼看着又要过去。我这个无用之人，整天干着的，皆是无用之事，比如书写，比如回忆，一遍遍不厌其烦地回到童年，回到故乡——喜悦，不请自来。

这所有的一切，不过是枉然与执念。

史铁生说：人的故乡，并不止于一块特定的土地，而是一种辽阔无比的心情，不受空间和时间的限制；这心情一经唤起，就是你已经回到了故乡。

一天天地，终于发现自己无力跟上这个日新月异的世界的节奏，早已被时代的巨轮甩出老远……并甘心承认自己的老迈愚拙，不会挣扎辗转——外界如此丰裕繁厚，我的生活一直荒凉无着。个人始终敌不过岁月的淘洗，终究还是要跟着时代的步伐一点点往前挪，即便仓皇，但，于内心深处，我希望自己日渐沉静和有力。

中年的秋天

午后,躺下看书,若不搭一件薄被,寒意有些挡不住了。凉意像一尾鱼,慢慢在水底沉潜,在秋天不能有什么另外的不同。

极目而蓝的天,很远;风一阵一阵低下头去,勤勉地穿过繁枝茂叶,小提琴从高音区滑下来,季节的剧场不再喧哗,沉寂下来,慢下来,凉下来。露水一日重似一日,秋夜越拉越长,睡意始终走不远,人醒着,辗转着,默诵海子的《九月》:

> 目击众神死亡的草原上野花一片
> 远在远方的风比远方更远
> 我的琴声呜咽 泪水全无
> 我把这远方的远归还草原
> 一个叫木头 一个叫马尾
> 我的琴声呜咽 泪水全无

>　　远方只有在死亡中凝聚野花一片
>　　明月如镜　高悬草原　映照千年岁月
>　　我的琴声呜咽　泪水全无
>　　只身打马过草原

这首《九月》被谱成曲，从盲人歌手周云蓬的喉咙里流出来，让人一次次地惊诧，震颤——仿佛，属于别人的，都走得远了，自己的，渐渐地变成虚无……

海子留下的许多抒情短诗，好比辽阔的旷野，空无一人，特别适合秋天读。鲁迅的文章也适合秋天，清峻简明。活到中年，开始读鲁迅，不算晚。他那些随笔，是要一个人过到三十岁以后，才能有所体会。还有废名，他的小说，布满深秋的色泽，绝句一般节俭，露水一样干净，一滴一滴，闪烁于草尖，把整个荒野铺满。

草根渐渐枯黄，燕子飞走，唯一留下来过冬的，唯有蟋蟀虫蛉。

每年秋深，都是栾树的好日子。叶子尚绿着，也开始了花期，糯米粉兑了大量黄色素一样的碎花小朵于枝头坠着，紧随而来的，是惊艳无匹的挂果生涯。栾树的花比桂花略微大一点。所有植物的花瓣皆呈围拢型，一律将花蕊抱住。唯栾树开花，偏不，它的花冠呈开放型，只四片花瓣，故意留一个豁口，像小孩豁了一颗牙讲话不关风，栾树细长的黄蕊就从这个豁口间探出，花萼间一点点红。一嘟噜一嘟噜红黄相间的小碎花，稻穗一样束在一块儿，远远地看，像极石涛书法里那一点，有高山坠石的劲道，把栾树枝丫都坠弯了。大约开上十几二十天的，渐渐枯谢，风来，满地皆是，似仔仔细细下了一阵烈雨，捡一朵起来，尚有香气。粉色的蒴果渐次登场，一日日地壮大，要不了一星期，呈复杂几何状的荚完全成形。

秋天原本空无一物，徒剩长风万里，以及栾树粉色的蒴果在枝头哗啦哗啦地摇——如果它们高兴，摇上一整天，也不嫌累。

出家门，沿途总碰见几排栾树，三五成群，毗邻而立。人在飞速的车上，一路看去，如看山水，享受。

一天，偶然经过合肥四里河路，这条路上的栾树蔚为壮观，株株碗口粗，粉红的荚披挂于树巅，肩摩肩，拥挤得不成样子，挂久了，沉了，也累，顺势把头低下，似乎打了个盹。

站在不远处看四里河路上的栾树，好比和风起了绛雪，也似近在咫尺却无以叙话的故人。

杜甫《秋兴八首》里有：花萼夹城通御气，芙蓉小苑入边愁。深秋的栾树赏过，该芙蓉开花了，长枝阔叶间烘托着大花大朵的，简直复制着盛唐的雍容华美，尤其开在旧院落颓墙旁的红花芙蓉，活像一身唐装的人，立定了准备唱堂会，尚未开腔便夺了人的心魄，胜在气场上。白花芙蓉呢，似乎一个着唐装的人戴了孝，浅浅的寡淡，更有深深的愁伤，演的是悲旦。

除了芙蓉，杜甫还在《秋兴八首》里写：请看石上藤萝月，已映洲前芦荻花。芦荻是什么？无非芦絮上有了霜意。我的经验里，不仅秋天的苇絮好看，巴茅也丝毫不输，剑拔弩张的叶子，刺啦啦地割人手，不觉间恍惚生出几缕絮状白花，长着长着，见秋风来了，便低头把腰身弯下，梦一般柔软，拂尘一样和顺。巴茅一般喜爱守在乡下高耸的院墙上，把灰瓦青砖的屋子围起，而烟囱耸立于屋顶，是一日三餐都有炊烟的闲适。

除了巴茅，乡下人还喜欢在墙垛上栽植木槿。木槿是学名，枞阳乡下，人们称呼木槿为"墙角篱"，简直神一样的别称，特别符合木槿在乡下担当的职责。

城市的车道旁也植有大量木槿，开起花来，克勤克俭，无际无涯，从烈夏一直开到秋深，有紫花，也有白花。

除了木槿、芙蓉，秋天的小白菜秧更动人。将一块地整饬一新，撒上白菜籽，覆上稻草，不出三两日，菜苗纷纷冒出，披沥几夜露水，乌青一片……黄昏，挑一担水，泼一瓢，小菜秧纷纷往同一方向倒伏，差不多等人刚离去，它们又鬼精鬼精地站直了，没一点破绽，宛如彼岸之美满。

假期前，盘忖着，准备去乡下小姨家过几日，直到看林白的长篇《北去来辞》，此念彻底打消。林白运用了自己的经验写成这部长篇，关于乡村，她有过具体的描述——由于饲料养鸡来钱快，人们纷纷盖起塑料大棚养鸡，鸡粪多得随便堆在地头墙尾，将巴茅滋养得疯狂，直割人脸，人若要通过两边有巴茅的夹道，只有倒着走，才不至于被拉伤；地里的红薯叶，因过多的鸡粪介入，畸形得跟锅盖一般大……小说中的女主人公海红经常失眠，焦虑，不太适应城市生活，原本想着移居乡下，结果惊呆于"锅盖一般大"的红薯叶，田园梦一骨碌醒来，长居乡下的事，再也不提。

秋天一直是梦里行路远道怀古的季节。十几年了，不曾回去过老家。一年年里，听秋风，如听万壑松，松涛阵阵，秋雨骑马而来——这样的景致里，想着该回老家一趟了，仿佛人未老，却提前归根似的。结果，每一次都退缩——关于乡下的一切，时有耳闻，比如河面上的塑料袋或白色泡沫，村里垃圾成堆，无人过问……

潜意识里，怕回去了一睹真相，书写留存在记忆里的故乡，再也不能了。

这个秋天，没去成老家，还是忍不住，去了一个北方小镇。沿途遍野，晚稻饱满摇曳的金黄，密密匝匝的黄豆地、芝麻地里仿佛有珠玉的碰击声……熟悉的农作物以及无边的旷野，让眼界瞬间开阔。暌违的俊逸感，飞鸟一样翩翩——原来，这个星球上，不仅仅存在高耸入云的楼厦，也还有蜿蜒辗转的河流坝脚、群山环绕的村庄、陡然而起的高地丘陵。越是平坦宽阔之地，越能更好地看见天空。大雁仍在迁徙，它们银灰色的身体迎风翻飞，把天空衬得幽远。耳畔是风声，从很远的地方来，从未停歇过，吹过滔滔河流以及极目而枯的草地。

年年如此——寒露过去，地上万物开始踏上一条枯索荒凉的路——老家抱村的小河渐渐瘦下去，遍野的菱荡吃水清浅，有月光的晚上，似铺了一层细雪，虽浅，也格外意深。

不是秋天有一片荒芜枯索铺了底子，到了深冬，山河没有那样的好看。

秋暮

白露以后,阳光一日少似一日。这样暮暮苍苍的天气,这样雾霭重重的人世,似老牛拉车,把日子辗转得悠长。

无可无不可地,在家教孩子读宋诗,翻到一页是一页,其中有句:秋景有时飞独鸟,夕阳无事起寒烟。忽然叫人顿了一顿——虽然透出了孤寂僻冷,也丝毫无损于秋天的饱满,仿佛所有的时光里都平铺了露水,连一向暖煦的夕阳均被松荫遮起了寒意。

带着寒意,这时节,无论走到哪儿,都看见倚着平板车卖甘蔗的老人。满满一车甘蔗被麻绳捆在一起,浅碧的叶,紫的皮,青的皮,刚从田里砍下的,威风凛凛,叶上有水珠闪亮。老人把一根甘蔗斜竖于左手,右手一把弯刀锋利无匹,唰唰唰,十几下,一根甘蔗迅即褪了皮,象牙白的身体裸露于风里淌着甜汁,一节一节被砍断。买甘蔗的人拎着塑料袋渐渐走远,地下甘蔗皮横陈……这是深秋健硕的一面,它来自四季深处,还将一直延伸下去。

除了甘蔗摊,我格外喜欢往炒板栗的摊前站。硕大的板栗于粗黑的沙砾中浮沉翻滚，甜香与糯香交叠，以及大铁锅被煤火久炝后生发出金属的味道，一齐飘荡在空气里为秋天颂歌，是巴赫的某支组曲，由管风琴领衔，大提琴小提琴钢琴大号小号携手并进，一直行至秋天尽头……秋天的尽头有什么呢？有清霜冷雨，有日暮柴扉前那一场场的大雪，以及一筐筐经霜的柿子。

所谓秋来霜染柿子红——柿子长到秋深，橙黄欲滴，那种黄是崭新的黄，未曾涉世的黄，透着稚子一样的单纯，鲜嫩到手指一触即破的程度。它们肉质淋漓、鼓鼓胀胀，被摆在塑料筐里，一层叠一层，就像一个日薄西山尚能圆满的晚年——每回经过水果摊，不免多瞧几下，那真是好看呀。齐白石画过一筐柿子一棵白菜叫——《世世清白》，那幅画令人爱不释手，叫你看了又看：白菜肥美，黑叶白秆；竹筐里六枚柿子，三黄，三青，皆黑蒂。点睛处该是筐外那只红肚翠翅的蚂蚱，适合在《秋声赋》里跳舞，仿佛一个文眼伏笔于此。一身菜蔬气的齐木匠，让我一贯慨叹，他以人世间普通的花木果蔬鸟虾虫鱼入墨，便轻易贯通了生活与艺术之间的坚篱壁垒。此岸而彼岸，来去自在，这得需要宽敞如秋空的襟怀吧。

秋天就是齐木匠的画，一幅幅地透着人世的惜怜温煦，总要让人联想到食物上去。对于糯米熟藕，最贪念——将糯米填塞进藕孔，两头封起，放入非铁质的容器比如砂罐里，加水、冰糖、桂花、红枣慢慢炖煮。居合肥近十年，始终没遇到过在芜湖吃到的那种口感沙糯的藕——格外感念起小城。十几年前，秋深，大街小巷里，有老人挎着小木桶的身影，一边走一边喊：熟藕哎！那一个"哎"字，音拉得漫漫缓缓，几近于蒙古长调，舒卷，流利，抒情了又抒情，也仿佛一声长叹，被芜杂人世里仅存的一脉温存接住，且暖且走了这么多年。等老人被主顾招呼而止步，她将小木桶自胳膊肘间放下——木桶上方盖了一片白布——那片白布虽平常素拙，可真是要好好写写它。不知被洗了多少遍的，鹤一样的白，白马一样的白，白成耀眼的白，兀兀穷年的白……从未见过那么白的布，洁净无瑕，纤尘不染。于那片白布前，连时光都要愣怔，轻轻退得远些。

还有藕粥，胜利路菜场旁边那家最地道。粥用粳米，煮至一定的火候，混沌一片，用瓢舀起轻扬，黏稠稠地，可以拔出丝来。藕要另锅炖，是那种烧废旧木料的大灶，坐着一口高深无匹的砂吊子，藕焖在里面整整一夜。到了白天，灶下余柴毕毕剥剥，灶上香气四溢。午后坐到摊前，老人拿一柄特制的长叉从瓦罐深处刺出一截藕，铁锈红色，热气滚滚，放到砧板上，当当几下，藕被切成薄片，盛到碗里，再自粥锅里舀一瓢粥浇上，正正好，满满一碗，最后搁粥面上两勺白砂糖。除了粥米留在舌上的甜糯之外，藕粒尚黏牙，复而滚烫地，一齐滑入胃囊，使得喝粥人坐在咯吱作响的小竹椅上的身体及时熨帖下来，脊背也起了汗意，忽而走在萧瑟的风里，不免抖擞了精神。

卖藕粥的老人，个子小，脸庞圆滚滚，爱系一条白围腰，同样白得鲜明。我在芜湖的后几年，她不大出来主持粥摊了，全权交予儿子打理。她儿子略跛足，耳聋，口讷，黑黄的脸上流露出一副清浅的凄苦。秋风起时，老远看见他，一个人刺藕切藕的忙碌样子分外孤单，心头有什么东西渐渐弥漫——就像开头跟孩子一起读到"夕阳无事起寒烟"时的忽然怔忡。

那时工作不稳定，常常居闲，嗜好长长的午觉，一觉醒来三四点，起床无事做，手插裤兜出去闲逛，走着走着便到了胜利路菜场，藕粥摊是绕不过去的。既然来了，还是喝一碗粥暖暖胃的好，每次都叮嘱：多放藕。从初秋孜孜不倦地喝到深冬，虽心境与环境一样枯寒索冷，但一颗胃始终暖暖的，不失为一种无以为求，同样充满了于前途黯淡中寻求慰藉的不可逆转的幻觉。

到如今这个年纪，回首青春旧事，宛如一张褪了色的红纸，既薄脆，又不鲜明，还别有一份痛感。

一个生命充满痛感，远比安逸感，有益于灵魂，并非溺水而亡的彻底覆灭，而是一种锲而不舍的精神自拷。人应该向东晋时期嵇康那样活，一边打铁，一边不忘弹琴——打铁是肉身层面的需求，弹琴则负责灵魂层面的自给自足——即便一生中，痛感不离不弃如影随形。

前天吧，楼下乡邻外婆自枞阳来庐，赠我们六枚柿子、两只巨大的圆锥形山芋。唯独我们老家盛产此种体形的山芋，比板栗还要甜香软糯。舍不得煮来吃，一直放在北阳台的地上，不时看见它，宛如一桩颇有来历的传奇，也似一个愿景——生活是什么？生活既是低头切菜抬头收衣，也是日暮掩柴扉，春草来年绿。

经霜

一切要等到霜降以后，天地才肯真的静下来。静下来的时候，无论晨昏，抑或暗夜，是可以听见自然之声的。自然之声是什么？是风吹，雾起，日光的移动，树叶离枝的簌簌，落雪一样无声——无声正是别一种声音。

王维的许多诗，起始于秋冬——因为静，呼应着秋冬的精神。他的诗中有画，有禅，仿佛没有人烟：寒山转苍翠，秋水日潺湲。倚杖柴门外，临风听暮蝉。渡头余落日……复值接舆醉，狂歌五柳前。写山水、柴门，风声，暮蝉，以及落日下的渡口，再铺陈下去未免太过沉寂，便来了一句"墟里上孤烟"，总算提一口活气上来，这炊烟并非袅袅徐徐，也只是一脉，依然独自世外的。到结句时，才真正有了人的情绪，无非醉与歌。

这个时节，去田畈，最合一个"静"字。晚稻仿佛一夜间消失的，稻桩参差，剩在田里，今日不言，明日不语，一直站着，霜来雪去。河水清浅，倒映蓝天浮云。向远的斜坡上，赤金色粉蝶围着野菊飞，野菊含苞，高粱秆倒伏，不时被经过的牛叼上几口。

　　这些天，试图回忆落在远处的乡野生活，盖因我居住的城市雾霾严重，四面八方的天空，黄沙滚滚而来，再也不见高远的蓝天。到处都是工地，到处都是被挖得千疮百孔的道路——连夜施工，搅拌机越到夜深，越刺耳，把人的睡眠摧残得支离破碎。据说要奔着"大湖名城，创新高地"的目标而去。

　　还是回到乡下去。

　　这个时节，午后的阳光特别珍贵，妇女们翻晒棉絮，赶在太阳落山之前把一切收拾妥当，晚餐总在夜露以后。山是苍灰色，本没有什么植被，最多的野栗树，叶子枯了，顺着大风滚落下来。勤快些的，带着竹耙子进山，约摸半个时辰，挑两大筐落叶回家。

　　那样的时代，总是苦于柴禾的缺乏。虽说稻草垛堆得高而阔，也得留住，是耕牛整个冬天的食粮。农历九月挖下的山芋藤，被秋阳照干，撩成把子，成垛地捆在一起，以备寒冬腊月之需。

　　到处砍柴，带着扁担麻绳，走很远的路，砍一些野柴。沟渠边，陡坡上，春天生了蒿子，盛夏蹿个子，秋初开白花，到了秋末，结一串串籽实，籽实外围裹着绒毛，镰刀稍微动一下，飘得满脸，迷得双眼睁不开。喜欢碰见蒿子，经烧。蒿子砍尽，河边的蓼也不放过。蓼生得纤细，几场风霜过后，通体酡红，盈盈一握，塞进灶里，呼啸一声了事。童年的记忆里，蒿子被定为天下最好的柴禾。如今，于城市某个角落，偶尔也能邂逅一两株蒿子，长势高壮，会多看几眼，隐隐埋伏着童年的喜悦。对于小孩子来说，砍一担柴禾挑回来，仿佛一次成人礼——毕竟替家庭分了担。

　　现在居住的地方，屋后有一条作污水处理之用的水渠，渠边遍植美人蕉。另有一面斜坡，高而峭，种了杉、杨、柳。前几日，带孩子散步。走进去，别有洞天——草坡松软，爬满草根，一根根牵得长，相互缠绕一起，层次分明：高于草的是小型野蒿，更多的是稗草，结了实。走在其中，裹脚得很。孩子跟跟跄跄，奔跑喊叫，我在后面追着他录像，水渠上空有三两只白鹭飞翔——那一闪而过的白，恰似自然之声。顺着孩子的兴奋劲，又领他沿着一条小河行走，一直往西。河中有大片水草，在我们老家称之为"薇秧子"的，也可能就是《诗经》里面的荇草。这种薇秧子，是猪偏爱的零食，幽密地团在一起，手感滑腻，也是鱼类乐于歇息的地方。若阳光正好，仔细听，鱼咬水草梗的声音格外幽静，唉嚓唉嚓不已。斜阳夕晖里，处处斓斑翠锦——孩子的发，河边的树，经霜一样耐看。唯独河水寒些，沁入骨头缝里去。

　　家里订了一些有机蔬菜。霜降后，吃起来格外甜，无非普通的白菜萝卜，入锅易烂。尤其萝卜，稍微煸炒几下，激点水，焖几分钟，酥烂。如今生活在都市，怕只能从有机蔬菜的味道里感应节气的变化了。

　　从小我们便知道，下过霜的菜，甜。那个年代，乡野的晚餐尤以菜泡饭果腹。中午煮一锅干饭，剩下来的，到了晚上，加青菜、水，煮成一锅菜泡饭。若搁点猪油、盐，更美味些。青菜特殊的鲜甜夹杂了米饭的醇香，哗哗哗叫人一下扒几碗。

如今虽不乏海味山珍，但，还有几人吃得到青菜的鲜美甘甜呢？那种味道非文字形容得来，它唯独靠味蕾传承，一代一代地，怕也早已断了。

　　菜园里葱茏一片，菠菜绿得淌油，芫荽的绿是浅绿，茼蒿苍绿，蒜苗拔地而起……一畦一畦，分布有序，如棋盘，每落一子，都是绿的。新拔的萝卜集体躺在田间地头晒太阳。萝卜是水萝卜，圆形，婴儿拳头般大小，梨一般甜，比梨脆，做腌菜的重头戏。每家过冬都得倚仗几大缸酸萝卜。吃完冬天，吃到开春，甚至到了盛夏，半缸萝卜烂成泥，捞一碗蒸透，淋几滴麻油，有多下饭呢。萝卜性寒，也解了酷夏的暑热。

树树皆秋色

深秋的雨中，当远远看见鹅掌楸和乌桕，会相信未曾有过的繁华在此刻一定呈现。诗人应把最美的句子献给雨中的它们，以及晚樱。晚樱的叶子汲取了鹅掌楸与乌桕的长处，介于红黄之间。还有柿叶，石榴叶，一日绚烂于一日，在路边等风雨如等故人。古人造亭，一来给驿马歇息，二来送别。送别这一场景充满了惆怅的滋味，但也别有一分诗意——故人策马远去，站在亭边的人以目光追送——最好是深秋，亭外遍植的大树，所有叶子黄了，一枚一枚地飘零，犹如故人心境。李白一生都在旅行中，放在当今就是个背包客，在祖国的版图上孜孜不倦地行走，需要遭逢多少个深秋遇见多少落叶呢？精神上独立的人从来不曾有过孤清；再比如杜甫，他一生相信"政府"，一生在贫穷线上挣扎，当年南下，遇着了秋天，洋洋写下《秋兴八首》，色彩奇幻，从未有过的昂扬，这是季节赋予他的明亮吧。

早晨，拎着一袋菜走在小区青石板路上，一抬头，眼前几棵晚樱，叶落簌簌，漂亮得不知怎么形容的叶子落在枯黄的草上，可真是绚烂啊，值得捡起来夹在书页间珍藏。可以珍藏的，还有银杏叶，一枚枚，脉络分明，叫人看得见秋天的血液在流淌。栾树的蒴果依然高悬枝头，只颜色变得淡些，从铁锈红到灰白，毕竟有了一些沧桑，是要等到大雪来临，才会落尽。

有一句诗：雨中黄叶树，灯下白头人。乍读，分外孤单凄苦，实则，不然。历经秋色之后的树真是绚烂之极，仿佛人的盛年，处处鲜花着锦，于世间一切都怀着饱满的爱；灯下白头人，格外守住了一分宁静，或许读书，或许缝补衣物……夜，漫漫溲溲，正把人间包围。

柳树笛子一样纤细的叶层层披垂，秋风起，天地之音一点点于柳条间回荡。

深秋，应该访山，与大树在一起过几天日子。穿过铭黄的榉树林，到松树林间拾松塔，黑褐色松塔犹如一颗颗心脏，是狂热的血液在秋天流淌。把这些松塔一只一只耐心塞进土灶，焖一锅米饭，锅巴都呈现着焦黄的美学特征，散发着原始的，在童年里走了又来的香味。深秋走到哪一步，都是温暖明亮的，像一个即将退出舞台的人，把最好的，留在谢幕之际。秋色之美，美在凋落与枯败之间。

处处红衰翠减，芒草如雪，野菊金黄。每当黄菊开放，季节的萧杀气乍出，是谁拿着一把杀猪刀，一点点地割，割秋风，秋雨，然后一夜间把大地上的绿全部收走，唯枯草上的寒霜，河塘里的枯荷，两两支撑。

一直向往秋天的东北，绿皮小火车穿行在莽莽苍苍的白桦林间，人依着车窗张望。秋天的白桦林是列维坦的画——高尔基说列维坦的才华不是一天天在生长，而是一秒秒在增加。还有新疆的南部，从图片上获悉，这个季节，所有的树都将变得妖娆，红得着了火，黄得令人落泪——看着这些树，别有一种痛感，是把自己点燃了，给季节取暖吧，那么不顾一切地燃烧，透过树顶的，是蓝得辽阔的天空，树下水流潺潺。

也曾许诺孩子，总有一天，带他去拜访大海，草原，以及一些辽阔之地。最好是深秋出发，沿着额尔古纳河，进入草原腹地，再转南疆，然后往东南方向的大海……蜿蜒的额尔古纳河水是钴蓝色的，因为清澈，把辽阔的天空都装下了。

带孩子去南京秋游。站在中山陵的台阶上，暮色四合，远处，层林尽染，落日浑圆，山风阵阵，胸腔里鼓荡的不免有"指点江山"的虚妄，可惜"滔滔长江东逝水"是望不见了——在中国，走到哪里都逃不了雾霾的包围。极目处参天大树多少给了人安慰。仰头，树荫遮天蔽日，法梧，雪松，水杉，乌桕，梓，枫，槐，柏，杨……远处缓坡大面积的芒草，沼泽里的残荷，都是风景。我们坐了托马斯的小火车下山，右拐的一条岔道，通往明孝陵，让人恋恋然，期望有机会再来。下山，路灯已亮，一对新人着繁琐的婚纱，在昏黄的灯光下拍照。

车过市区，南航那条路，植有四排法梧，高耸如教堂穹顶的梧桐，于视觉上异常奇幻，车行其中，如穿隧道，格外幽深。那些叶子将枯未枯，风徐徐而过，仿佛为一场盛大的谢幕做着准备。南京的气质一如既往地出众，树，城墙，建筑，河流,几相辉映,到底透出了一种文化底蕴。相比较,合肥未免土了。六朝古都的气质是沉淀下来的,并非十年五载便能打造出。十几年前,我在秦淮河边吃小笼包、鸭血粉丝。店家把醋碟放在笼屉里与小笼包一起蒸,端出来,白雾茫茫,竹夹子把洁白的醋碟夹出。这个意象,我一直记得。那年不是深秋,南京街道上的梧桐叶还是那么绿。我和同事坐车穿过中华门,城墙上长满绿蒿。那一路,仿佛每一个好听的站名都饱含着历史底蕴。而今,拖家带口一起来,只是多了疲惫,似乎激情未减。

希望深秋的南京一直留在孩子的记忆里,回味了再回味。

回到合肥,问小人家此行可开心。他鼻梁起了皱纹:不开心。为什么?因为中山陵不是山,是台阶。原来,他要看见土。孩子是自然的小兽,天生喜欢泥土。而台阶,则是成人的意志,山不答应,树更不答应吧。

好,下次我们去合肥大蜀山,专门走有泥土的地方,去看看那些深秋的树。

初冬

　　立冬以后，仍有秋气。阴，或者雨的天气，把日子搞得格外静穆。这一段是柿树的好日子，叶子沁了风霜，好看得如同西方电影里的女主角，美得让人生自卑心。昨天黄昏路过，明明还都好好地挂在树上的，今早已经落满一地了，是被什么样的风霜拍打了？叫人有死生新故之感。说可惜也不可惜——美的东西都是易逝的，恒在的东西永远缺席。

　　别人家院落里大片黄菊，被蔷薇围起来，独自开了很久，可能阳气太盛之故，大多匍匐在地上，好像一群穿黄棉袄的小孩一齐把脸凑在地上舔什么东西吃——唯有在菊花身上闻得到僻野之气，淡淡地散发着中药味，除了菊，还有艾，以及茼蒿，它们是同气质的一群，清淡，安神，如临睡前涂了点玫瑰精油在脸上，虚无缥缈的香一直相随。

　　露台需要重新整理了。把三角梅的横枝全部剪除，留两三根主干，整盆端入电梯杂物间过冬，此地有暖气管道，不至于冻死。原本属于岭南的植物，也能在江淮安身立命。植物的可塑性，远强过人。一棵养了十几年的蜡梅，又是铺天盖地的花蕾，趁叶子们尚未完全枯下来之前，花蕾们碍于面子一直引而不发。龟背竹常年绿着，叫人看不清喜乐，像一幅挂了太久的画，失去了新鲜感，一直被人熟视无睹了。文竹繁茂些，但撑不过几日，也是要搬到暖房过冬的。每年都养的栀子树还是死了，杵在花盆里，如同被雷电击中的一截电线，更像一条风干的焦黑的直立的蛇，有一点意悲而远的味道。到了来年开春，我仍是要买一棵栀子树回来，不信你清音独远，不肯与人为伍！屋内的墨兰、吊兰、鱼尾葵们倒一直活得平铺直叙的，不起波折。假若生活能像它们这样就好了，看得清来龙去脉，不论是直言还是寓言，波澜不惊总要好过颠沛流离。安稳的日子，起码能让人静下来写几行诗，养几盆雁来红。今年就不秧蒜了，空盆里不时冒出几棵青菜，微雨过后，闻得到蔬笋气。

往年这个时候，在露台上侍花弄草之余，尚可直起腰来望远。今年不能了，所有的空地都起了三四十层高楼。出门即见楼，越发压抑。周边闲置了许多年的大面积空地上，终于没有了油菜、小麦，全部种上了高楼，外墙涂色俗得不容多瞻。

油菜、小麦这些农作物，是要开很远的车去到纵深的乡下才能看得见的。冬天在大地上画的全是枯笔——树卸下一身的叶子，一棵棵站在寒风里怒目苍天。高山长河大开大合，是睡久了的人翻个身，不忘把被子重新裹紧，到处瑟瑟啊。每个星期天，都希望带着孩子把车开到陌生的乡下，站在那里，看看空无一物的田野，茫茫的雾岚，清淡的远山，然后顺便带回一点菠菜、芫荽以及青蒜⋯⋯即便身体上疲累不堪，但，精神上，也是有所依的。所谓"最是童年总入梦，纸上留我旧故乡"。一个人的故乡，也是所有人的故乡。

　　这个时候看山，大好，小雨初歇，阴晴不定，云岚袅袅，所有的远山都是渐江的画，既拒人，又暖人，大片大片的白，是故意不说出的话，藏而不露的心思，也是到一定境界上的述而不作，明摆在那里，经人世风雨，经寒霜冷雪。艺术的最高境界就是无言吧，让人看了，说不出什么来，但在灵魂上则翻江倒海不止。

　　一直留意小区里两丛芭蕉，尚未见枯萎之态，只叶子边缘焦了一层边儿，远远地，看见几只麻雀停在上面，颤巍巍地，有一丝飘荡感，活脱脱一幅李苦禅的《芭蕉鸟雀图》，那一刻，现实与艺术无缝对接了。这一阵，走到哪，都见诗见画。午后上班，经过一排钻天杨。脚下锅巴一样焦脆的黄叶，风起叶滚，如滔滔之水，《古诗十九首》里有："白杨多悲风，萧萧愁杀人。思还故里闾，欲归道无因。"慢慢地，有些悲哀，杨树下的骑车人，此刻仿佛正深陷潦倒穷困忧患百端孤独无助之中，前一脚身世之感，后一步仍是身世之叹。诗是遗珠，画乃美玉，被萧瑟的冬天串起来了，格外蕴藉。

　　然而，草都枯了，寒冷日渐加剧，冬天是一个幽深的境地。我们能在冬天做什么呢？除了四处看看，什么也做不了。该歇息的都在歇息，春天在四个月以后的地方等着，急不得。即使急着了，春天也不会格外来得快一点。

冬天的树及其他

香樟这种树，简直是个述而不作之人，一年一年地冷下去淡下去，从不参与季节的喧闹繁华，似乎一出生便置身世外。秋天到了，它也不落叶。香樟这种树是可以定风雨的，尤其大雪来临的天气，特别显出它的庄严，苍青青地，日夜无话，是饱满的沉默，茫然的柔情。下大雪，樟树最好看，披了一层麾，在雪的映衬下，比静更为久远，宛如苍青色的回声久久飘荡。白雪覆盖下的竹叶也好看，一撇，两撇，三撇，是东晋人的书法，飘逸又收敛，是日上竿头正正好，偶有风来，竹叶上的雪簌簌而下，细面一样地，可以捧起来揉搓。

银杏是最有静气的树，到了初冬，终于修成正果，浑身金黄，需要钴蓝的天来衬。远看，就是一尊佛，女佛，有尘世的挂念，不绝然。据说银杏与恐龙是同时代的。银杏千年不灭，也是因为自身的静气吧。树叶相当于人的言语，银杏从不多话，枝丫也少，生长迟缓，看银杏成长好比看古代的邮差，策马一亭又一亭，等信到，写信的人怕也发白。银杏不像泡桐，在盛夏的青春期，失心疯似的，拼了命地招展，紫花累累，繁叶遮天，仿佛世间便宜被它占尽。实则，这是另一种消耗，但凡秋至，泡桐再也挽不回一泻千里的颓势。太过用力，抑或猛了，容易心空，所有的泡桐都是空心的，无一成良木，所谓"情深不寿"吧。银杏的灵魂始终微温，燃点高，又不喜自燃，倚靠天地灵气培养自己，在岁月的长河漫漫溻溻，一年年地成就自己，终于是一尊佛了。等银杏所有的叶子落尽，冬天更深了，它的带着芒刺的枝丫上会停留几只鸟雀，黑压压的小数点，是季节的句号，真够圆满的，这一年就算过完了。

有一天薄暮，骑车在翡翠路上，遇见一个老人带着长杆在银杏树下打白果。小果子娇滴滴地在地上打滚，老人半蹲着追啊追啊，一颗颗地捉住了，他的脸上有喜悦，还有神采——老伴可能买回一只老鸡了，正在砂锅里滚着，打几颗白果回去，多么惬意的事情呢。生活就是这么琐碎平庸，但有一直过到老的笃定在。许多人不喜欢周作人的文字，总嫌啰唆——那是因为他们年少气盛，少磨折溃烂。足下没有捡不完的珍珠，大多时候，我们的脚下都是沙砾荆棘。不被硌痛的人生，又怎能体会得了周作人的琐碎平凡呢？

继续说树。在合肥居了整整九年，最怀念单位在环城河边的那些日子。如今去市里办事，总爱叫家人把车拐到环城路上看一圈。那些树又长高了不少，树下依然是唱京戏的老人，抹纸牌的老人，遛鸟的老人，站桩的老人……树跟老人的气质特别相像，习惯沉默，眼睛是深冬的溪水，明亮幽静，足以洞彻一切。河边那些槐树啊、野木瓜树啊，鹅掌楸啊，栾树啊，都还在着，故人一般眼熟，比以往更高了。四五年过去，还可以准确地找到它们的位置。我真是喜欢它们。来合肥的头几年，一直心神不宁，心里万马奔腾，但，只要走进树林，在一块石头上坐一会儿，喧嚣便隔离开来，一下安静了，慢慢平复。古人打坐就是这样子的吧，深山老林里，调整呼吸，闭起双眼，宇宙洪荒渐渐退场，只留一堆骨头与山与树对坐。

今天早晨特别冷，两腿颤颤，拎着两棵莴笋走在小区里，忽然看见一棵月季开出了两朵花，新鲜的浅粉，仿佛可以淌出蜜意来。这个有月季的人家一直挑战我的好奇心，前门后院都栽上蔷薇，蔷薇里面围着栀子、菊、白兰、月季等。每次散步都经不住诱惑往他家里窥探——原来，一屋子的古董，青花瓷居多。南阳台上吊了一只黄皮鹦鹉，叫声那个脆啊——好像他家日日都是盛世天天过着繁花似锦的日子，路过的人差点被感染了。稍微有点遗憾的是，他家蔷薇盛势凌人，那些嚣张的刺经常戳到孩子们。那一带有竹，枇杷，梅，柿树，格外幽深些。

又是一天散步，跟孩子闲扯：等天黑我们来偷这个人家的菊花怎么样？剪一枝插在我们家花瓶里肯定好看。孩子异常兴奋：好哇好哇，天黑我们一定来偷。过去好多天了，孩子依然当真，每每散步于此，他都起邪念，双眼好奇地盯住那一丛丛黄菊，一步三回首地叩问：我们怎么还不来偷呢。做大人的只好搪塞：不能偷，被抓住了就太丑了嘛！孩子一派天真，继续妄想：我们偷偷地剪嘛，别人看不见的。轮到大人词穷了。这几天，怕他再次深陷，只好避开那条幽深的小径。在一个自然的小兽面前，为人师表，真不是件容易的事情。但，通过这几年的散步，基本上教他认识了小区里的树。此刻，枇杷正值花期，梨白的小碎花上撒满金粉，革质的叶锃锃亮亮。三角槭的叶子快要红了，去年我给他在那里拍了好些照片。盛夏的时候，给他穿一套宝蓝绸缎，拉他去松绿的三角槭前合影留念——当宝蓝遇见松绿，要有多好看就有多好看。辛夷的叶子早早落尽，像一个冷眼看透世间的人，早早退了休，在家修禅。

每天，看见日子在晃动。有时，正午时分，天恰好蓝着，我们一起用过午餐，默默坐在紫藤下的长椅上，他爬上爬下，我发呆——各自活在独自的世界里。他的路还很长，我的，已近西山了。黄昏的时候，斗大的落日挂在西边，像一个燃烧未尽的球体，在天空中悬浮，最后没入地平线，人世一忽儿暗下来，长夜是一条流淌的大河，河岸有一些树和零星的人。

有一个周末，从午后开始，我缝了四粒纽扣，然后读阿索林……一天过去，仿佛可以听得见时间的涛声。

那些繁盛和新鲜，那些枯败和荆棘

  白杨树的叶子差不多落尽了，剩下黝黑的鸟窝。鸟窝在冬天是最孤独的，风起时，无一可唱和，四顾茫茫间，如置身洪水——冬天的鸟窝与我读《古诗十九首》时的孤独是一样的。每次我都恬不知耻地认为，古诗十九首简直是自己写出来的，不过发生在前世罢了：还顾望旧乡，长路漫浩浩。同心而离居，忧伤以终老。

  昨晚，异常想吃红薯粥。是家乡的品种，把它放在粳米里一起煮，该有多香呢，吃薯块噎着了，赶快喝一口粥缓解一下，桌上一盘雪里蕻。跟红薯的香比起来，雪里蕻的香稍微收敛些，是往纵深处慢慢探的香。吃罢这些贫瘠的饭菜，就是长夜了。那么多年过下来，也挺满足，想不到，成了中年以后的回忆，捧在手上都热乎的回忆。

  有一年，二伯去芜湖看望我爸，带了一篮红薯。我妈来合肥也带了些来。看着它们红皮圆滚的身段，不知多爱坏人。它们这一路走得可真远，从枞阳乡下辗转坐汽车至芜湖，稍作歇息，又马不停蹄从芜湖过长江赶往合肥，一路颠簸曲折，最后终于到达最想念它的人家里。没等坐下喝口水的工夫，那个爱惜的人就把它们洗净蒸透果腹了。

对于红薯，生在哪里都是被人吃，与其被漠视的人无心相待，不如跋山涉水被一个有情有义的人吃掉的好。这对于它，也是值得的。

夜读《古诗十九首》，读到"还顾望旧乡"时，忽然想起二伯和他的一篮红薯，一下笃定——原来不过如此，我又思乡了，是味蕾在作怪，不就是昨天黄昏想吃红薯粥而不成吗？孩子顿顿大啖米饭，将他喂完，眼看时间不早，便将就着吞一点残羹下去了事。女人有了孩子，渐渐失去自己。母性太强大了，有时可以杀死一头巨象。

思乡不比怀人那么幽深，有时就那么直落落的，很浅很浅。但在读到"人生天地间，忽如远行客"时，便大不同了，仿佛远山野畈都铺满了痛苦。永恒又短暂的一生，那些繁盛和新鲜，那些枯败和荆棘，一忽忽地往眼前涌，一个字，一个字的，真是浅貌深衷啊，不愧我爱了《古诗十九首》这么多年。

昨天上着班，同事们有的谈了一单大宗广告风尘仆仆地回了来，有的在键盘上挣着工分，唯独我一个闲人，趴在电脑旁看刘小枫写给"八十年代旧友"邓晓芒的长信。是回应，也是挑战。刘小枫言，你说我糊涂，却要一直关注我的书，说明我的学问比你的好。哈哈哈。我也看得捂着鼻子笑起来。哲学家掐架，免不了的孩子气，这是可爱的一面，不比政客、奸商那么阴毒。又想起九十年代来，那可是读书的黄金时代，在沈昌文先生主政的《读书》上，常常读到刘小枫的东西，有文采是一种,还有一种什么东西也挺吸引人的,后来才知,那是情怀。从一个人的字里行间是可以窥见其情怀的,这与历经无涉,那么纯粹又透明的东西,仿佛一面镜子在阳光下晃动。前一阵,看见张承志出来签名售书,头发悉白,他佝着腰正写字。我作为一个普通的读者,心酸了一下,黑骏马一样骄傲的人,到了二十一世纪也开始了妥协?二十世纪九十年代,读了不少哲学书,甚至萨特的剧本都不放过,就跟患了饥渴症的人,任谁端上来一盆水,都低头喝下。电脑上方的书柜上,正对着我的就是萨特文集。久不翻动了,都是灰尘。唯一记得,有个记者给他拍了一张照片(就是衔着烟斗那张),他感谢道:拿回家去,我母亲肯定喜欢。一个大名鼎鼎的儿子因记挂母亲,终于将自卑一扫而尽。萨特有一只眼睛不大好。面对身体缺陷,有的,用一生回避;有的,轻轻一步跨过去,从此身轻如燕。

今天早晨,孩子问道:地球有没有缺口?我说:没有,它是一个球体。你想要离开地球吗?他说:是的。我说:我可以帮你插上翅膀飞起来。这样就可以离开地球了。孩子是天生的哲学家,他们一直带着思考终极命题的使命。这个早晨因他的问题而充满了快乐。然后,我们双双走在路上,他去幼儿园,我买菜。当意识到这一生都脱不了买菜做饭的命运,也谈不上多少痛苦,这些日常琐碎比起当年读书时的痛苦来,简直不值一提。

那些年,读俄罗斯文学史上的"二娃"(茨维塔耶娃,阿赫玛托娃),该有多痛苦呢,觉得一个人的才华与尊严简直是反方向生长的。如今还在读她们，不知是迟钝了，还是领教了人世更多的辛酸悲哀，反而平静下来。深夜，在她们的诗句里滑翔，飞得高而稳，比云更加自由。云不小心会化成雨水，我在她们诗句的浸润下会化成连串的梦，可以嗅到遥远而来的花的香气，以及更多斑斓的东西，这都是平凡生命里缺乏的。

　　昨天黄昏，一个环卫工人带着一根长竹竿，把一棵银杏树的叶子提前打下来，扫起装进麻袋运走了。真是可惜了。黄叶飘零的景色多好看哪，为什么要急急忙忙的呢？她若知道了，会反问：那是你不懂得我们的辛酸。全部打下来，只要扫一次，路就干净了，省时省工。每个人的出发点不同，要走到一个岔口，然后分别。

　　也有园林工人把一棵棵樟树用稻草绳绑起来，像捆婴儿似的认真，密密实实的，不透风，心想，整个冬天，不怕你再冻着了吧。一个人对树好，他的心肯定不坏。有的树上被刷上石灰，远看，像穿了长筒白丝袜，站在寒风里不动，这是在练站桩吧。

小雪

  温度如同秋天，小雪了。买两根羊排，煨汤，下蘑菇、芫荽吃。最不能忘记加一根胡萝卜。一锅汤服它，一物降一物。人同此理，物更同一理。也少不了加一些蒜苗，青碧碧地漂在乳白的汤上。不然，汤喝在嘴里，总少了一味。说到蒜，也真是的，别的东西在这个季节都往内拼命收自己，唯独蒜不愿意，把它们放在冰箱冷藏，也拦不住人家急着投胎的狂放劲。一个个蒜头集体长出洁白的根须，旺盛的生命力所向披靡，即便拿一碗水来秧，怕也是活得成的。在合肥这个纬度，即便"小雪"了，吃起羊肉来，却也找不到那种呵气成霖的氛围。嘴里哈不出白气，双手没能冻得通红。这么着，一碗羊汤下肚，反而有燥热感，还得削只梨来压一压。

  这个时候，黄河以北的地方，已经开始飘雪了吧，不是太厚，只薄薄一层，落在鱼鳞瓦上，黑白分明，不注意，还以为是昨夜的一场霜。霜是特别凉薄的东西，如世态人心，禁不起拿捏。所有的北窗都封起来，桌上温暖的炉火，栗炭正红，锅里炖得酥烂的羊肉，一片片，袅袅于汤中，往里添一些大白菜，鲜甜鲜甜，粉丝粉条也不能少，吸了羊肉的精髓，吃在嘴里格外美嫩。有一杯黄酒更好，不时咪一口，一种发酵后的烫，瞬间占领喉舌，如大军压境，直捣肺腑，窗外的细雪仍在飘，喝酒的人一声不响。

冬天可曾用来做什么呢？无非喝杯酒，聊聊天，谈谈文学更好。其实，也没什么可聊的。三两知己碰见了，下一盘围棋最合宜不过。屋外飘雪，屋内的人在长考。一天一忽儿就过去了。年轻的时候，有一阵，喜爱琢磨围棋界，对于吴清源、小林光一等人，无比崇敬。尽管后来慢慢知道，所有的人物都是被神化的人物。说回去，即便无人下棋，一个人独坐打谱也好啊——男人打谱，与女人练瑜伽相若，都在静心长考，修身而修心。这几天，有一个愿望特别强烈，等孩子大一点，一定让他学围棋，并非拓展他的逻辑思维能力，而是为他以后的孤独计。当他心绪低沉，寄无可寄之时，一个人坐在那里打打棋谱，不失为一道消磨光阴的利器。

我一无所学，一无所长，碰到不开心的时候，下意识往菜市跑。在嘈杂的菜摊间辗转来去，拎起这个闻闻，拿起那个看看，慢慢地，也能缓和过来。有一天，逛饿了，买一个韭菜粉丝饼，辣而烫，吃饱了，一路走，一路将不开心渐渐丢掉，如同在文档里删字，最后留下的都是核心的骨头，情绪的枝枝蔓蔓全部剔除。偶尔的不开心就是为文的枝枝节节，当删除即删除，没什么舍不得的。走出菜市，天色向晚，擦肩而过的人皆行色匆匆，不过是浮世里忙碌的一群，一天这么过，一月这么过，一年也是这么过下来的，谁都不比谁多出一点快乐和不幸。时光荏苒，大河一样奔流不息。

寂寥小雪闲中过，斑驳轻霜鬓上加。算得流年无奈处，莫将诗句祝苍华。徐铉的"小雪"写得好，点出了冬天的闲，衬出了流年的无奈。人忙碌的时候，无暇惆怅烦忧。一旦闲下来，才会关注内心的需求。

作为一个典型的闲人，我将冬天用来读书。

有一个夜里，看一个不认识的人写马勒，准确，入心，好像古人说的"点划万态，骨体千姿"。好文章就是一行行书法，惹人咂摸。看字如见人，好比漫天雪地里走来的，浑身挥不走的寒气，清冽，是"阴影覆盖下的小溪"静静流淌……那个晚上，竟然把那篇长文连看两遍。

古典音乐在冬天是绕不过去的，我在冬天依赖这个，如同此刻，触目皆静，苍灰的天上连鸟儿也懒得飞过，没有生机的节候，如同默片一样冗长。假若用四季来比喻音乐的话——流行音乐是春天，处处草长莺飞花团锦簇，直接给人感官上的刺激；夏季是歌剧，一场咏叹调唱下来，大汗淋漓，元气大伤，需要歇到秋尽；古典音乐只能是冬季了，白雪皑皑，寒风凛冽，暗流涌动。这样的季节，一开始你怎能喜欢呢？非得到了一定的年岁，才能进得去。贝多芬有一首A大调大提琴奏鸣曲，奎亚斯的版本，我听了一年了。也陆续搜过其他人的版本，远远赶不上奎亚斯的完美，仿佛他们接近不了贝多芬的光芒。奎亚斯是唯一的知己。因为唯一，所以懂得。

听贝多芬就是把一个人关在冬天的屋子里，煮茶，茶叶在紫砂壶里重新复活，沁出异香，一遍又一遍。但凡在人世受尽苦难的音乐家，最后给予人类的都是精神上的微甜。奎亚斯的贝多芬里，最具拯救感。奎亚斯其貌不扬，穿一件灰西装，还是旧的。可是，当他弹奏贝多芬，仿佛脱胎换骨了，怎么那么飞扬和帅气呢——一个人的才能足以摧毁一切，重建一切，而后让人亲爱，欲罢不能。

还有一首钢琴曲——《你可以在静静雪夜等我吗》，弹得白雪弥漫，所有人间的窗户都关闭，唯一的屋子里，一根烟被点燃，灵魂起舞，原野、星光以及所有美好的事物，都还那么遥远，而冬天正漫长。

骤冷

刮了一夜大风,气温到了零下。作为一种恒温动物,真的有些不适应。骑车路上,迎着北风,膝盖以下都是凉的,那种凉是浸在冰水中的凉,骨头缝也不放过。这些都不算什么,唯有双眼汩汩往外冒泪水,最让人受不了。原本一个好好的人,为什么事一边骑车一边哭呢?每一个擦身而过的人,不晓得他们知道不知道有一种眼疾叫"沙眼"?像我这种内心强大的人,纵然悲声,也要找一处藏身之所的吧。生活如此坚如壁垒,好好学习的唯有死磕,怎么会,退而求哭?

大风把落叶调遣着,一会儿往北滚,一会儿往南滚,它们无所适从,只紧紧把身体裹起,是茫茫大海上的风来浪涌,一生都无法着陆的无期无助吧。每年如此,总是凄惶。

看见烤山芋的人,推着两轮板车,走在寒风中。车上坐着硕大的汽油桶改装的炉子,车柄上挂着两桶煤块。烤山芋的人双手老茧,有裂口。他一次次进出高温的炉子,手背的皮烫焦了,冒着水泡。厚重的黑棉鞋,臃肿的棉衣,是苍白的浅蓝,不经洗似的,快要烂了,而他的一杆秤上却是焦香的。他拿一只烤好的山芋出来,放左右手上,来回颠,像对待他的婴儿,眼里都是惜别。

每次看见烤山芋人的背影,皆深感暖意,心上仿佛有小火苗在跳动——不怨,不尤,不恼,不责,似乎走在寒风中就是生活的一部分,而那些金灿灿淌着油的山芋此刻正依偎在炉膛中取暖。推着它们的人,行一路暖一路,寒冷不过是身外之事了。

在湖边,看见卖糖葫芦的人,最原始的装扮——一根粗木棍的尖端绑着稻草,稻草外围蒙着一层白塑料布,所有的糖葫芦皆斜插在上面。大红色的糖葫芦被扛在一个人身上,这个人默默赶路。或许太冷了,湖边没有一个闲人。接下来,他要到哪里去呢?他的糖葫芦一串也没卖掉。我想过,它被咬在嘴巴里发出嘎吱嘎吱嘣脆的声响,由于嘴巴张得过大,冷不防灌了一口冷风,直抵喉咙……冬天的湖边最寂寥,杨柳的叶子在风中摇摆,黄绿相间,不知是舍不得呢,还是抵死不成,就那么胶在一起痴缠,仿佛去日无多,有挣扎的不甘。

在冬天,要善于取暖。卖雪里蕻的人,骑着机动三轮车,一路突突突地冒着黑烟。那些新鲜的刚从地里割下的腊菜,一棵棵带着香气,碧中带紫的大叶子悉数把头低下来,它们第一次进城,有点害羞。它们在寒风里静等,一等就是一天,被不同的人买走,终于有了城市户口,一批批在城里的菜坛子里安家,得偿所愿,算是不坏的归宿,不负寒风,更不负种菜的人。

寒冬就是用来腌菜的。买五六斤小白萝卜,用线串起来,晒制萝卜干。做这活，机械无聊，最好放点音乐陪伴。要将巴赫一部冗长的"英国组曲"听完，才能把所有的小白萝卜串好，是惊人的耐心。手工活越来越少做了，在长夜里织毛衣手套，缝一床被褥，给小孩缝一个肚兜……都是久远的事情了。如今主要是一颗浮躁的心不愿投入。小时候帮我妈腌制雪里蕻，需要坐在矮凳上切满满一木盆，花上一上午时间，也不觉得烦。然后撒盐，揉哇揉哇，直到出来一股股碧绿的水，再把它们码到坛子里，一层层拿棒槌杵紧，封上坛口，任其发酵，静等佳音。佳音是什么呢？不过是回了味，可以炒来吃，粥，是它陪；饭，也由它来陪。整个寒冬，不离不弃。小时候生活于乡村的人，对于雪里蕻的感情永远那么源远流长，是"不来长思君"的念念难忘吧。我读"此物何足贵，但感别经时"这句，就会条件发射似的想起雪里蕻，可真是味未减语正浓啊。

去菜市，冬笋上市了。一棵棵黄袍加身，不用问价，必奇货可居。我还是倨傲地走过去了。心下安慰，还是等春笋吧，我们家的排骨汤里也不缺这一味。

实则，还是有感怀的——四时更变化，岁暮一何速！四季的变化太快了，转眼又是一年。每当见着冬笋，便是岁暮了，天地间安静极了，不再听见鸟啭虫鸣，唯有骤风冷雨。合肥大剧院橱窗里已经贴出圣诞演出海报——这个世上，从来不缺歌舞升平。

槭树的叶子一日黄过一日，昨天尚在枝头，今天已坠地上。大风从来就是笑人无嫉人有的狠角色，到最后还来插一杠，把那些黄叶驱赶得无所踪无所影，甚至卷到天上又摔到地上,像极人世法则,实在令人齿冷心寒。槭树静静看着,不作一语,仿佛生来如此,心满意足地接受命中注定的一切。

风中的黄叶,说来说去,总像是一首《忆秦娥》,并非唐诗,是宋词。宋词的格局虽比唐诗小,但适合抒一己之情,长句连短句,仄仄平平,抑扬顿挫,是关于命运的声声断断。风中的黄叶,并非字字锦,而是老来无依的孤单寂寞吧。

这两日,随着温度的直线下降,野石榴树的叶子全部黄了,像是遇到一生中过不去的坎,商量着集体自焚,快要燃烧起来,却不见谁来拉一把。竹叶也黄了些,大多尚绿着。绿的、黄的,舍不得分开,就聚在一起,轻轻耳语,是话别,不舍,有感慨在,不过是来年春上,昔别君未婚,儿女忽成行。这种失去,该有多痛哇?是拿刀在心尖上划,而眼里依然笑意。

斑鸠在楼宇间练习飞翔,成双成对的,双足于水泥台阶上立定,脖子一耸一耸的,互相示爱。斑鸠是不迁徙的鸟,劝自己留下来,做到不悔,毕竟有伴在,寒夜里不会有多冷。心不灰,意不冷,永远有一口热气在,即便是白菜夫妻,也有一粥一饭的光辉。

凋败之美

早晨，走在一条小路上，不经意看见两棵槭树脚下铺了一地的叶子。那些叶子堆在那里像一个梦境，美得有失真感，像一幅色泽分明的油画，竟挽留了我匆匆赶路的脚步。那些叠加在一起的叶子，由不同的色系组成，最突出的是红色，明晃晃的，红到浓酽的境地，不知怎么形容它的红，仿佛一缸发酵至顶点的蚕豆酱，再往前一步，就得朽腐；其次是黄叶，看起来很老到的黄，年年月月到处有，黄得不稀奇；也有半青半红的，抱成一团取暖，终究敌不过寒流突袭，一起坠落——草地是一床枯黄的毯子，任这些叶子默默躺在上面。树上还有一些叶子，寥落，单薄，像三九天着单衣的人，看上去冷得很，不如干脆落下来一起加入到冬天的合唱。

槭树的叶子在冬天怎么这么好看？这就是凋败之美吧。

晚樱的叶子也是一种经霜的红，但红里面掺了大量的褐，看上去特别质感，桃形的，肥厚的，一起演绎落叶离枝的挽歌。

冬天值得看的东西很多很多，比如芒草，比如芦苇，比如巴茅。在乡下的湿地滩涂，河水越发瘦些，芒草们把浑身上下都涂成黄色，这种黄是浅尝辄止的脆黄，经不起远观，远观竟是灰茫茫一片，怎么会一夜白头？芒草的穗子，风来沙沙作响，远远地听得清脆，有随时折断的疼觉。那一大片芒草被珍藏着，碰到有太阳的日子总被翻出来晾晒，像是从家里抱出一床棉絮，搁在晾衣杆上，里外拍拍，珍惜的意思在里头。

下大雪，则体现了凋败之美的至境。雪中的远山，雪中的竹林，雪中的栀子树，都是可看的，尤其栀子树被大雪掩埋，只露出顶端的几片叶子，被雪衬得更碧，站在远处看，有小品的意蕴，白和碧在一起颇显惊才绝艳之感。然而这些都比不过雪中的菜地之美。一垄垄菜畦，整齐地横于雪坷里，宛如睡在白茫茫的被下，掀开被子，有菠菜，芫荽，茼蒿，青菜，香芹……当大雪被一双粗糙的手拂开，菜们露出整个身躯，青翠得凛凛的，让人寒战连连，有一种美就是要让人颤抖的。好比早晨走在外面，迎接我们的，除了凛冽的风，还是凛冽的风，径直把睡了九九八十一天的人喊醒。

其实，冬天最值得看的还是残荷：一塘渺茫的白水，衬着零落的断荷墨梗，像极写意人生，处处留白，更好比人至中年，把肥美鲜绿统统卸下，最终被岁月打造成一枚浑身枯瘦的鹤——所以，中年发胖是大忌，尤其女人的屁股男人的肚腩，可以有，但，不可太过拥有。

一个瘦瘦的中年人走在路上予人洁净之感，而中年瘦正是一种凋败之美。年轻时拥有双眼皮的，到了中年，无一例外地，眼睑逐渐耷拉下来，遮盖了明亮迷人的目光，叫人整个失去了灵动感，不再是雀跃的羚羊。中年凋败得最厉害的当属眼部，至于皱纹，那也是可以忽略不计的——皱纹富有风霜之美。有一句诗：风中黄叶树，灯下白头人。说的大概就是中年的境况吧——中年可不就是白发丛生？尤其后一句"灯下白头人"，荒芜的寒夜，中年人在灯下可以做什么呢？夜读，缝扣子，把孩子的衬衣袖子接长一截……做着做着，夜深了，窗外的星星因寒冷而更显明亮。冬夜也突显凋败之美，什么声响也没有，有洪荒万古的沉默，不然，怎么叫"万籁俱寂"呢？在万籁中，人也算一籁，到了冬天基本上不愿多说话了，万一张口，恰巧被过路的一阵冷风呛着，咳嗽个没完。

冬天的味道

总是阴雨雾霾,情绪难免受影响。作为一个十分太不热爱生活的人,到了冬天难免不好熬,低谷一个接一个。但,活着,总得吃饭吧。姑且在厨房里弄些味道,取暖一个又一个昏暗的冬日。

合肥人民每到冬季特别热爱灌香肠,肉被买走,剩下许多小排,价贱,不时买回来在高压锅里炖汤。大厨不都讲究高汤么?把汤炖好放一边,炒乌菜时,舀几瓢进去,红烧豆腐时,一样泼洒些进去……这些被掺了高汤的菜品,吃进嘴里真的有一些异样,鲜而绵软,与不加汤前别有洞天。

有一天,想起来做一道牛腩土豆。把土豆块素油爆一下,略加点水焖几分钟,再加事先烧好的牛腩,小火慢慢煨着……人去房间做事,牛肉好闻的味道跟脚就到了,甚至充满整个家,你走到哪,它跟到哪,默不作声,悄悄跟着……好让人感动。原本情绪低落着,不曾想,被牛肉的味道感动了一下,也就忘了小我情怀,放眼世外了。

说奇怪也不奇怪,民以食为天——人与食物之间相互依存，相互温暖，谁也离不开谁。那么，不快乐的时候，吃一片巧克力或者吃一点辣椒，情绪会慢慢缓和过来。这些食物不是抗抑郁的药，但各人各活法吧。一直害怕吃辣，自从得知这玩意儿可以令人愉快以后，偶尔会吃一点，巨辣，眼泪都呛出来——有谁一边吃饭一边哭泣的？那个人是我。

把辣椒先放一放，继续做菜。到了冬天，什么菜都好吃了，被霜雪浸过，万物入嘴皆鲜。或者做一锅羊肉汤，端到桌上，在里面烫芫荽、菠菜、粉丝、蘑菇什么的。假若外面大雪纷飞，屋里人守着一锅好汤筷长筷短的，一株跟了多年的寒梅在屋角吐香，这顿饭吃起来，好有文学意味啊。

素菜的最高境界是可以让人吃出荤味来。素斋就蛮写意，喜欢拿豆制品做主打原料，做出酷似红烧肉的一味，无论色上，抑或形上，竟如此逼真，至于吃进嘴里味道如何，就千人千面了。豆干在煮、蒸、炸的过程中，早已涅槃成仙，变成了眼前一盘写意的肉。一盘菜也是一幅画，讲究的是一个眼缘，吃倒在其次了。

冬天里还有几道菜好吃。根本没做过，不过是想象之作，比如冬笋，若用它来炒雪里蕻，会怎样？或者丢几片到猪骨汤、老鸡汤、老鸭汤、猪肚汤里……会怎样？无非热闹人世里的一点素白安静。就这点素白安静，可勾起味蕾的前世今生，哭一场都可以，只要有冬笋吃。然而，出于克勤克俭的优良家风，面对每年的冬笋价格，我也只是小小锻炼一下自己的想象力而已，并无别事呵。

冬天吃得多的是青菜，似乎多年夫妻成兄弟。出于不囿于成规的天性，我可以把青菜换成不同的笔名端上餐桌，比如将五花肉切成薄片，放素油里过一遍，至金黄色，倒入青菜爆一下，盛在盘子里嗞嗞冒泡，好像在说：我好烫，我好烫！再比如，算了，不说了，做菜再怎样繁华，皆属雕虫小技——我的理想，在于对付冬天这本大书上，而一日三餐，仅仅一味而已。

我们家吃得最多的一种汤，猪骨头炖胡萝卜以及铁杆山药。每一顿，孩子吃得狗屁喧天。饭前半碗，饭后半碗，顺势打个嗝，爬上床，睡一个长长午觉，转眼，日薄西山，旧的一天过去了，新的一天尚在酝酿中。

每每冬季，落雨的黄昏，当骑电动车从单位往家赶，额上的发被雨打湿，此刻，总是默诵骆一禾的诗：

  人生啊，人生
  落叶追逐着落叶
  雨点敲打着雨点

等到立春，雨水不再这么寒凉，这个默诵骆一禾的人基本上也就渐渐热爱起生活来了。

辛夷

蒲公英

紫藤

菖蒲

甘蔗

白桦林

芒草

桃花

瓠子花和南瓜花

豆角花

连翘

芝麻

凤凰花

荠菜

木槿

油菜花

桂花

柿子

栗子

芭蕉

第二辑

草本木本

稻草垛

秋天深了,金黄的稻草垛搭起来,披着黄金的铠甲,威武绚烂,它们站在后院,或栖身于打谷场边沿,像一个沉默的长者,一直站在原地,在荒凉的风里,一点点地,一点点地消瘦下去,从深秋至严冬,直至冰雪消融初春来临。

在冬天,做一个乡下人,是非常容易的事情,无非关起门来静静过日子——河水仿佛停止了流淌,所有的鱼都把自己藏起来。站在河边,时间仿佛也步了河水的后尘停止了流逝,只有稻草垛在一天天地瘦下去——那些金黄的稻草到底去了哪里?你去问顶着两只黑角的水牛,多半去了它的胃。极少部分化作火焰烹熟了一日三餐,那些青灰被掏出来,肥了田。冬天的时候,我们喜欢的柴禾分别是棉花秆、黄豆秆、芝麻秆等,这些苗木经久耐烧,余烬大,不比稻草,一经点燃,微弱的火光呼啦啦一阵风地被刮跑了,火势不烈,不大讨喜,除非万不得已,不然,是不打稻草主意的。

稻草很轻,团起来抱在怀里,一点不吃力。喂牛的事情大半由孩子们完成。

在冬天，做一个乡下孩子是幸福的——抱一怀稻草去牛栏，静静坐在门槛上，望着黑角老水牛将稻草席卷一空，或许它吃得累了，将前蹄屈下，就势卧倒，开始了一天里的反刍工作。那些被吞进巨大胃囊里的草，又被吐出来——一吞一吐间，有一种奇异的香味旁逸而出，与香味携手出来的还有牛的唾沫，像刚刚磨出的豆浆，白得晃眼，杂糅着草的芬芳，充满整个牛栏。漆黑一团的牛栏，在稻草的芬芳中飘浮起来，恍惚的孩子在这种芳香里忽然站起来，想起了一件事，就势挽起两只稻草把，将散落在牛栏四周的牛屎团起，贴到墙上，压得扁薄，以便风干。第二天，带一只小腰篮来，把风干的牛屎粑一片片抠下来，提回家当柴烧。

大灶里，干牛屎发出蓝莹莹的火焰，白色的灰烬异常轻盈，没有风，也能飞起来，飞到灶屋的横梁上栖身，或者不小心掉下来，落在发上，等烧完火，拿一条湿毛巾掸一掸，什么也没有了。

冬天，我们目睹过从草变成灰的全程，非常的不经意。牛屎一点也不臭，不过是草木植物的尸体。那些植物尸体，被团在草把里，余温尚存。

多年以后，静坐门槛与牛对望的记忆，宛如乡村小道旁的露水新鲜欲滴，那些行将枯萎的野草将夜露一把接住抱在怀里，静等黎明前上早读课的孩子一双双匆忙的脚踏上去，鞋是布鞋，旋即湿了滚边的白鞋沿。清晨的空气非常好闻，夜露一般寒凉，直抵脏腑，禁不住一个个寒颤，埋头急急赶路。一日日里，赶的是辛苦路，路的尽头被早读课的铃声一把接着，融入到教室,投身于喧嚣的朗诵中——不知道为什么要声嘶力竭地把那些课文读出来,那些没有意义的文字比如《一件小事》,必须全文背出来——我们的智商过早地被摧残被禁锢,以致失去了非凡的想象力。你看"作协"遍布,多年以后,在写作方面,也不见几个出色的人。

然而,稻草垛又是多么温暖的所在,它一年年里,亲人一样停驻在记忆深处。是冬天,呵气成霖,端一碗粥,靠在后院的草垛旁——是向南的一面,阳光的暖被稻草垛悉数围住,再一点点慷慨地还给草垛旁喝粥的人——我们拿着空碗,靠在稻草垛上眯眼看太阳,猫一样慵懒,不说一句话,仿佛静得入了定。周边是有风声的,不过是,被高大的稻草垛挡在了外围。

冬天的早晨,靠在稻草垛旁喝粥的经历,就是静静过日子。稻草垛似乎成了我们在寒冷的冬天里唯一的精神依靠。

桃花

窗外，有一棵桃树，从起先的不足一人高，到如今得需仰头才能望见全部树冠，已然历经了几个年头。春分前后，一树花总叫人看不够。散步的时候，经过它；回来的时候，即便绕道，也要经过它。花花朵朵，郁郁累累，一派繁华气象，将年久颓唐的小区映照得新鲜热烈。新绽的绿叶丛丛点缀其间，好像在繁丽的丝绸上飞针走线，华丽的底子依旧不改，却多了另一层清幽的气质。桃花的美，美就美在清气上，不比牡丹那么硕大浮艳——然而，桃花也是艳的，它的艳，是深艳，间或有那么一点佻丽，在视角上显得悦目又悦己。半上午的时候，我在厨房水槽前洗菜，也不忘把头偏一下朝窗外探——满树花朵一齐静在那里，似象征着一种高蹈浮世的精神世界，默默提醒着一个整天沉湎于柴米油盐的人挣脱出来，看它一看——满树新绽的桃红，仿佛一面镜子，人的骸俗一览无遗，躲都没处躲。看过桃花的人，重新低头洗菜——初春的苋菜漂红一池碧水。乡下俗谚：苋菜不要油，就靠三把揉。意即，洗这种菜的时候要下力气把它的枝叶揉烂，炒起来，即便油搁得不多，口感也好。

　　春天，总是那么让人迷惘啊，无助啊，走路的时候都要睡过去，仿佛只有一双眼睛醒着，看这望那。小区足球场边几排水杉，远远望去，笼着一层绿雾，似有若无，似青障，待走近了观察，原来细针一样的叶已经破壳，水雾雾的，披着一层薄绿。这种绿有湿淋淋的气质，且相当脆弱，早晨毕竟有点寒凉，水杉细嫩的针叶稍微有些发抖，似乎经不起寒风的一再吹拂，好在挨到午后，元气恢复过来了。

　　早春最可珍贵的，就是这一点点绿，它们大多没什么野心，一点点地往外长着，缓慢，耐受，不疾不徐。个别的植物相当鬼佬，总是在风里探头探脑的，等不及似的，一股脑地往外挣着挤着，比如抽薹的萝卜花和青菜花，是以一瞑大一寸的速度飞驰；比如桃花——明明，昨天黄昏的时候，还都是粒粒苞蕾，哪知才过一宿，就都绽成了花朵——那种桃红，真耐看，即便不下雨，也是水色弥漫的，始终没有枯意，一直到它落，都具备新鲜感，像极了一个人对于爱情的不疑，每一次都是初次，始终拥有着保鲜度。

　　然而，形容桃花的美，没有人超得过胡兰成。这点上，让人不得不佩服——即便到后来，张爱玲一见他写"亦是好的"句式就会憎笑。但，对于描摹桃花的贡献，胡兰成是不可磨灭的。

　　夜里，翻一本杂志，看见韦庄的一首词——《思帝乡》：

　　　　春日游，杏花吹满头。陌上谁家年少足风流？妾拟将身嫁与一生休。纵被无情弃，不能羞。

确乎被"妾拟将身嫁与一生休"这一句，惊了一下。就算是个姑娘吧，春天为何给了她这么深的无惧？纵然被抛弃，也不感到羞耻——她怎么如此舍得自己？她对于爱情的勇气，简直不要命，像一张满张的弓，在杏花春景的催发下，一支好箭蓄势待发，簌然向前，爹娘也挡不住……可韦庄不是姑娘啊，他这么写，不过是以物借物，抒发情怀。古代男人总是有一种把对功名的向往虚拟成一场无果恋情的天赋，这样似乎更能取得人心的共鸣，在写作手法上叫隐——曲径更加深幽，以文字之足往前丈量，洞天别有。

杏花，无缘见识，只吃过小黄杏——想象中，杏花应该比桃花开得小，果实决定了花蕾。然而青杏在文学领域却是一个永恒的意象，青桃就比不过它了，前者胜在"酸"，后者输在"涩"上。但是，不论果实，单在花朵上，桃花依然不输杏花，关于它的美，古诗词似乎总归不能达意，略微著名一点的崔护那首，直白，伧俗，像一串跟跟跄跄的步子，始终走不出远意来。

桃花终究不是通俗的花，它一年年地开，一年年地清高孤独着——以文字，以心性，均无法形容出它的清幽娴静之美，大多逃不掉通俗的窠臼。可见，文字是有局限的，它最不能到达的地方就是美，它只能呈现和复述。

我所感到的春天

　　我的生活半径很小，不过是家到单位的距离，骑车20分钟。每天经过一片湖。湖西岸的几棵辛夷最先开花，远远地看，像一件紫衬衫洗白了，舍不得扔，继续穿，继续洗，继续晒，越来越旧。辛夷花的颜色为什么这么旧呢？浅紫都谈不上，仿佛有意糟蹋自己，拦下许多褐色，一口喝下去，把原本梦幻一样的紫挤掉了。都是生活磨炼的吧，宛如一个沧桑的人，眼神也是暗淡的，对什么都心存拘谨，并非不曾狂热过，不过是千帆已尽，把一切都收在怀里，抱得紧紧的。

　　春天一来，风何曾停歇过？哪一刻也不能。它们为什么这么狂热，把蔷薇吹得都不敢出芽，还有银杏等一些落叶乔木。那么嫩的芽，一吹就给吹跑了，谁忍心这么早把美好的东西端出来呢？大风，你独自吹吧。

　　有一天中午，再去看，一树辛夷花全落了，也不知被大风刮到哪里去了。湖边的风更大，直呛喉咙，不停地咳——怎么春天这样啊，让人欣喜又给人添小麻烦，尤其对一个患眼疾的人。走在风里，汪着一包泪——人家在踏青，放风筝……你一个女子，何至于泪眼汪汪？一个患眼疾的人走在春天的大风里总是哭的表情，让人受不了。

柳，倒是很早开始绿了。湖边的柳，绿得层次分明。先是缥缈的烟状，戏词里不是有"柳如烟"吗？到了今年，终于第一次懂了——远看，好像伤心人回忆伤心事，有恍惚感，跟跄感，是若有若无的绿。非得跑到跟前去一细究竟，哦，真的绿了，婴儿一样往床外拱，是芽尖尖——所谓初春看芽，仲春看花，晚春看叶。我的一己经验而已。柳这个态，摆得——似乎这么多年，都把自己献给春天了。

慢慢地，慢慢地，只用几天时间，鹅黄初上，两片叶子合抱着一个状似毛毛虫的蕊，折一条下来，抽在脸上生疼。许多年过去，还是觉得两句诗好，怎么好法？说不准确，必须借助比喻——两个黄鹂鸣翠柳，一行白鹭上青天。有色彩感，黄与翠一起，比红与绿还鲜烈。而白鹭上青天呢？多么逍遥派的手法啊。前一句太过浓艳，仿佛京剧花脸，浓油重彩的，但到了着装上，便已青、白主打起来，眯起眼再看，不就雅起来了？把泼辣的东西迅速一收，再甩一个水袖，就是放。一收一放间，再响几声紧锣散笛——喷，特滋润人。戏剧的好处在养心。

说到柳的第三个步骤。它并非一味地傻绿，而是一点点地抽，像新鲜的生命，每一个阶段都有文章做。第三个步骤就献给抽叶了，仿佛也顾不上那么多了，天使一样，天使是长翅膀的，没有翅膀怎么飞呢？唯独柳不飞，它一个劲往下垂。有一天黄昏，迎着落日余晖，看见一个人骑车柳下。车是自行车，破破的，也是被生活历练的吧……那一刻，望着那个人远去的背影，感觉到了诗意。还是湖边，西岸，水域渐窄，湖是满湖，快要溢出来，风在湖面行走，骑车人在柳下行走，他们各自若无其事。一切都很安静。

是的，只要不刮风，一切都安静。但有一次，我听到了傻笑——是一棵广玉兰，突然撞到面前，那一树白花，数不尽，真像一个凄苦之人在旷野里独自傻笑着，笑得有些瘆人，白戚戚的。暮色里，广玉兰的白，让人怕，无所依的孤单孤零。许多天过去，一想起那一树傻笑，就不大快活。

生活里，谁不曾有过小恼小愁？终归不过都化解了。有的是默默消化的，有的则通过其他媒介。实则，春天也是一个媒介。到了春天，更睡不着觉，有极强的倾诉欲，仿佛不说出来就会憋死——我什么时候，自一名女文青过渡至一名女三八了呢？等意识到这些，为时已晚，好悔啊，像一时失足嫁了泼皮。所有的话说出去了，无以挽回。总有那么一天，要大哭一场，为命运一哭。有时，站在单位窗户前，看那片湖，分外茫然……

夜里，梦见自己伏案写信，一封一封地，写得伤心欲绝，到后来，把自己都打动了。然而，这世间，可以打动自己的语言，似无法交集于别人。

在春天里，语言是多么苍白无力的呢？只有风才是最真挚的，它无时无刻不尾随你，吹你的发，吹你的衣……一次一次交集缠打，一刻也不曾疲倦过，这就是爱吧。对，像风一样地热爱缠打，吹过山河湖泊，吹过高山大川，一直把自己送出去。

就是把自己无保留地送出去，像风一样的慷慨。一年一年里，就是这样感受四季的——冬天太冷了，我们加衣服，把自己的身体裹得紧。到了春天，依然小心翼翼，把自己捂起来，等到仲春的时候，才彻底把自己敞开，像风一样解放身体，无止无尽地吹拂。

每一个夜里，风声呼呼，无非若有若无地看点书，大多是诗——长句短句，都是人生。

秋声

立秋的第二夜，楼下草丛里响起虫鸣，潮水一样在月光下，一波波涌动……古人云：虫鸣醒耳。一点不浮夸，声声不息的吟唱让人格外清醒……躺在睡不着的夜，真是感念，比起这些小生命对于天时节候的敏感来，人显然愚钝得多，尤其在面对四季轮换的时刻。不止秋虫，还有植物草木们，它们或许早就觉察到盛夏即将去了，提前把身上的叶子染黄，还时不时地借着风意抖一抖——窗前一棵紫槐，比肩三楼，一身浓荫在立秋前卸得差不多了。每有风来，紫槐叶子簌簌而去，宛如名伶卸妆，残脂剩粉里都是一种高不及攀的磊落，偶尔似藏着那么一点点寂寞。落叶离枝的景象向来孤漫无言，像一个困厄良久的人终于舒了一口长气。

这一年的盛夏有多么溽热，终于等到了秋天。石榴尚挂在枝上，小灯笼一只只，红红的惹人爱；还有柿，青涩的小果子无忧地悬在秋风里，日甚一日地大起来，把枝条压弯了也不罢休，像极顽皮小儿，一边把双脚踩在琴键上，一边肆意抖动着身体，好气又好笑。

夏天的时候，清炒丝瓜异常可口，一旦立了秋，炒在锅里，明明青扑扑的，一盛入碗碟，立即变了一张黑脸，仿佛气呼呼的，口感大不如前。有些蔬菜过了季，不易入口了。唯有秋茄子、秋南瓜依然下饭，最好配一两只青椒，然后一碗冬瓜汤——人在平常素菜的滋养下，一日日变得神清气爽。

秋天一到，一切有了远意。盛夏的时候，像开水滚了又滚的蝉声，渐渐消下去，世间恢复了宁静。抬头看天，天也远了，阔了，非常蓝，偶尔有一两朵白云飘过。这时才想起来怎么没有去看荷呢？是尾声荷了吧，所有的花谢尽，所有的莲蓬被人摘了，袅袅婷婷一整个夏天的荷，明显地有了疲态，它们慢慢地枯萎下去。实则，枯萎配合着一塘秋水，也是一种气象。秋天的荷池，值得一看，残了的叶子覆在水面，梗由青变黑，芒刺历历可现——所谓灵魂消逝了，气场还在着。

人在秋天，心是静的，勤于思考，真切感受着自己活在四季里，似墙根下的车前草，一年年地轮回，从青到黄，然后就是秋天，一些籽垂落，被几场雨水冲刷，没入地下，酣畅地睡一冬，来年初春，又是生机盎然一派。草，过的永远都是逍遥派的日子，不愁，不烦，从来都是通透的，不比人类，时不时总要纠结么几下——为何就不能像天鹅那么优雅呢，不论生活对我们怎样薄情寡义？

一到了秋天，小白菜籽就要下地，将稻草厚厚覆着，每天黄昏，泼几瓢水，慢慢洇下去，清凉又滋润，到了夜里，也不孤单，有虫声相伴，不几日，冒出头来，再一棵棵分而栽之……秋天有小白菜可栽的人，是有福的，他们默不作声，把小白菜秧移栽下去，用拇指、食指压紧根部，然后浇灌。过几日，也不闲着，用水把粪稀释，去描一下——我们乡下人就是这么说的：我去"大暮凹"描一下小菜秧去。无非像城里的女性描眉，淡淡扫一下；或者画家泼墨，到末了收笔的时候发现哪里不对，又想起浅浅描几笔。最后总归是都妥帖了，无论城里妇女的眉，还是艺术家的画作。

真是一生都忘不了大暮凹，那里起伏着我家的菜地、稻田，哪里有几块地几分田，至今于心了然。人一忆及这些，特别舒服。小时候也不觉得累，一遍遍往大暮凹跑，无非锄草，摘菜，刨地，挖山芋，割麦子……还有那些星罗棋布的坟包，我们那里作兴把南瓜藤牵到坟包上去，南瓜像天上的星宿一样不大轻易出来示人，总把自己藏在密密匝匝的叶子下。乡下的生活天然得很，人跟植物总爱打成一片，你中有我，我中有你，彼此交集，比如人死了，就把自己搁在坟包下，然后在上面长草，让南瓜藤覆上去，顺便撑个阴凉，也未尝不可。

一旦到了秋天，所有的南瓜被摘回家，再去菜地旁的坟包，就感到荒凉了，在心里有哭一场的寒凉，人活着，真是萧瑟啊，最后什么都要归零。人在秋天，把身体都收得格外紧，夜里裹着薄被，到了凌晨深感凉意，古人书信上所写"夜凉如水，珍重加衣"，应该发生在一个个秋夜吧。

等草丛下的虫鸣越发清越，剑一样寒光闪闪时，那是秋天深了。

秋天深了，神的家里鹰在集合

神的故乡鹰在言语
秋天深了,王在写诗
在这个世界上秋天深了
该得到的尚未得到
该丧失的早已丧失

海子这诗多么好,说尽了一个孤独的人的所有包袱。

看草

可能是单位建的房子吧，楼距大得奢侈，慢慢地，大片空地变成了养眼的草甸子，不过是乡下见得多的，一年到头匍匐在地的，很普通的草。它们实在顽强，拼命挣脱地砖的束缚，偏要把纤长的草穗子伸到路上去，宛如一个个顽皮的幼童，在你平常散步的路上，伸头伸脑地绊住你的脚……

秋天深了，露水一日盛似一日，草穗子悄悄把自己变成绛紫色，一根根铺在灰青色地砖上，实在好看。偶尔捋一根，叶子捋掉，放进嘴里，故人一样的甜……

多年前的深秋，阳光很好，村里的女孩子闲不住，都要外出砍柴，以备冬天烧灶。当田埂上、坡地上所有的蒿子、蓼子被砍尽，我们依然闲不住，把目光投向山冈。山冈上草皮丰厚，我们耐心地，一锄一锄地刨……枯萎的草根被锋利的锄头平行切断，发出明脆的声响，像小石子与小石子的碰撞，在秋风里荡来荡去。半小时光景，被锄起的草皮堆在那里相当可观，也不过是回家当一把火烧了……被点燃的草皮，在土灶里毕毕剥剥，呼啸而去，烹熟的不过是一餐餐普通饭蔬，怎如今，回味起来如此甘香如饴？

也是多年前，当读到海子《四姐妹》：

> 高高的山冈上站着四姐妹
> 所有的风都向她们吹
> 所有的日子都为她们破碎……

不知怎么搞的，锄草的日子霎时浮现——也许，海子小时候也有为妈妈去"高高的山冈上"锄草皮的经历。人只有在长风邈邈的深秋，在"高高的山冈上"，内心才那么荒凉无依。

在城里居住多年，也不大有机会见到草了，即使遇见，也是那种昂贵的舶来品，气质里有不容人亲近的冷傲，罢了罢了，两两各不相干，还是低头走自己的路吧——直到有幸居在大面积的草中，每天呼吸着只有青草才能散发出的特有甜味。尤其雨过以后，泥腥味与青草味手挽手一起走来，既扑面，又醒神，五脏六腑里都布满着这种繁盛的气味，不得不加快换气频率，似乎不这样，就是浪费，犹如面对一桌美食，若不趁机夹几筷子，太辜负了胃肠。这个比喻打得真是拙劣——盖因成年累月在家养育小儿，人几乎锈过去，语感不再，想要过上读书写字此类的精神生活，几乎不能。

——不知道站在长窗前望草，算不算得上精神生活？就那么站着，什么也不想，被鹅卵石隔开的一垄垄草，一天天里悄悄变化着，由浓绿转浅黄，似乎盛意不再，萧瑟重来。房前屋后的草甸子上，偶尔点缀几棵桂树，比过二楼的肩，直往三楼的高度攀去。这一时，正值秋桂花季，前后阳台窗户敞开，接受风去风来——无论洗碗或者拖地，人无时无刻地沐浴着香味洗礼，简直晕乎乎的。平素视为苦役的家务活，此刻在桂花的芬芳里做起来，痛苦也减轻了几分。好闻的味道确实可以使人减愁，使人忘忧，何况还有大面积草的相伴。

天天被草包围，心也能渐渐收起来。草甸子是另一种形式的音乐，固体的，摸得着的，闻得出香味来的音乐，一日日匍匐在那里，安慰人——是的，没有什么时期比现今更形容枯槁更心神俱疲更需要安抚的。一天里最大的安慰，是在将孩子哄睡，坐到南窗前把电脑捣开，趁开机空隙，扭头看一眼草甸子。

就是这一刻，如值千金。多年以前，在小城的时候，从一份诗歌刊物上看见关于草的一首诗，被深深打动，至今犹记那首诗的作者名叫王长军，黑龙江人。把这首名曰《想想草的一生》的诗抄下来：

想想草的一生
我们还有什么念头不能茂盛？

我们被草包围着
拯救着　喂养着
草的暗示既单纯又简洁
草以一种微微的清苦提醒我们
在我们咀嚼日子的时候

枯荣的　不仅仅是时间

　　所以吃草长大的哲学
　　就很肥壮
　　犹如一匹马从栅栏中冲出
　　生命是什么　除了奔跑和劳作
　　马什么也不说

　　我们拥有生命　并且拥有草
　　在草中　我们被浆果照耀
　　被虫蚁簇拥　在叶露中我们
　　发现了艺术　这使我们懂得了
　　和草在一起　火最先熄灭

　　一个人的时候,重温这首诗,特别苍茫,似乎抓住了一脉温存——原来,人人都是独自面对,独自过去的。纵然,人与草一样卑微平凡,但只要精神不灭,最终熄灭的却是貌似强大的火焰。

　　我天天看草,草却一点都不骄傲,自顾自地长着,由丰茂到萧瑟,然后就是冬天了,大雪覆在身上,即便冷,也不作声,它就这么能忍得住——忍着忍着,春天眼看就到了,小河解冻,青蛙出洞……大地上但凡有一口热气的东西,都有了希望。曾经以往,屡屡为孩子所纠缠,总是恨恨的,脾气一日坏似一日。而今,全一口气吞了——何尝不能将自己幻化成草?

孩子不过就是覆盖我们的一场大雪——忍个三冬四夏的,有那么难吗?

一名妇女无论清晨还是黄昏,都比较温和地推着或抱着一个异常顽劣的孩子在草甸子间穿梭来回,偶尔歇一歇,坐在石凳上,想,也不过是——时移事往,中年已至。

看花

曾经借居的房子，每户底楼前都有一大片院子，有的人家掘了一口井养了几只鸡，有的人家栽了瓜蔬花草。我们居楼上的自然占了便宜，一年四季里，花叶盛景尽收眼底。

也许被烈日灼了一天了吧，黄昏的时候，瓠子花总是蔫头耷脑的，好像跟一个不对性情的人聊天，抖不出什么神气来，把好看的花瓣悉数收起来，快要得病的样子，真让人没办法。倘若被露水滋润一夜，早晨的瓠子花则来了劲，特别机灵，将五个花瓣完全敞开，纷纷于毛茸茸的绿叶丛中探出头，孩子似的顽皮地举着一把五瓣小伞，雪白干净的。这小范围的白，一点不影响旁边硕大的南瓜花。南瓜花开得壮丽极了，粗声大嗓的土黄色，花蕊长舌妇似的无处不在，本没有什么错，也不过是热爱招引蜂蝶——自然界中所有阴性物种比比皆是的特征。

也有例外的。

在这一点上，显出瓠子花的高格了，为人冲淡平和，就这么一览无余的素白，不涂脂不抹粉的，日日打扮如此，气特别盛的样子，并非盛气凌人，是盛大——所谓不须文字传言语，玉想琼思过一生。

有的瓠子花,玩纯白概念玩累了,也喜欢在身上挂个小瓠子什么的,起先嫩青,然后自然过渡到菠菜青,风一来,便在藤上来回地晃悠,身心自在的,多像野孩子不爱着家,玩痴过去了。

好一阵子,日日有瓠子花看,后来,忽然发现那个人家栽下的这几棵瓠子秧,虽也茂密茁壮,但自始至终没有结成一只瓠子,那些童年版小瓠子在藤上晃着晃着,不几日,没等到少年期来临,便枯萎了,一骨碌掉下地去。或许是施肥过盛,民间所谓"惯子不孝,肥田收瘪稻",讲的就是这个,真是一点不假。或许,种瓠子的人家,也不过就喜欢这一挂绿一藤花呢,未必稀罕结个现实版的瓠子。人家图的是精神上的愉悦,无非如此。这过的可就是王维式的生活了,官至重臣,物质生活也算丰裕优渥,也该老去了,前去僻静之地筑一排别墅,花前草下地赏一挂绿一藤花的。最不济,宛若苏东坡那样,一边赏着门前修竹,一边在火上煲着猪肘子。

一个人能过上既有竹赏又有肉吃的生活,似乎是不差的命运。如今,我们天天都在吃肉,却把竹子晾一边去了。我们家铁质晒衣杆上尚且架着几根竹,竹壳青的黄,被雨水磨得发亮的岁月之黄。这些尚且不说了,人至中年,也没什么可哀可叹的,一般地,都一把扪在心里藏起来了。

还是继续看花吧。

正午的豆角花真是好看,青紫色,肉质的两片对称着展开,走到哪里都有个伴似的喜悦着。嗯,豆角花就是喜悦的气质,妖妖的,如狐仙,垂下一尺多长的豆角。每朵豆角花下都和谐地挂着两根豆角,出双入对的——唔,相当人性化,不孤单,更不遗世落寞。盛夏的大风吹来,但听狐仙一样的豆角花喜悦地喊:我要掉下来了,我真的要掉下来了!豆角的茎与藤真单薄,任谁也不信怎么就能挂得住那么长的豆角呢,真是有韧劲有耐性的伟大的母性哪。所有这一切都不是豆角花可操心的,它的使命就是一直开到妖娆,然后再体现一个成语的魅力——"佳偶天成",当两根豆角被一双手摘下,末梢隐隐还见一团枯萎的黑,那是豆角花的魂,再也不见之前的所有的明艳妖媚——任凭如何美的东西,到末了,都敌不过时间的击打碾压,越美越不堪。像南瓜花吧,那么盛大而壮丽的土黄,从年轻的时候仿佛就没人愿意注意一眼,更谈不上年老的时候会怎么样了。这样讲,真是惹南瓜伤心。

那就不往下说了吧。

二月

冬天的气温大多在零下徘徊,尽管立春的时候,也是一点感觉没有的。到了雨水,才不同,天阴瑟瑟的,偶尔见一点阳光,很微弱,但总归一切都好起来了,唯一不好的是,饭桌上的青菜口感不尽如人意了。

植物们真守信,立春一过,即便再冷再寒,开花的开花,起薹的起薹,一年一年坚持下来,从不爽约,像忠厚本分的人,让人尊敬。有一天,冻得瑟瑟的,不经意的一歪头,吖!路边的一大蓬连翘开花了,头几天,只有一两朵,探头探脑的,一脸不怕冷的镇定,后来,管不住自己了,纷纷不甘寂寞地开,一朵一朵小黄伞,微小且有力,像我们的孩子,虽瘦,但特别有力气,就是这份力,给人希望——人这个时候仿佛一个激灵,原来,春天不远了,是真的。

雨水一过,风吹在脸上,即便寒,但也是可以抵挡得住的,不比冬天,风刺得人骨头痛,情绪特别低落。每天下班都是一场晚归,不比现在,太阳尚高高悬于西天,又大又红,人在情绪上是飞升起来的,连路边的野草闲花都一同来附和,是巴赫的复调，一路高开低走的，转眼到了家，还顺带着把一篇文章构思了又构思。打开门，暖气扑个满怀，生活还是有些奔头的。你看，连喜鹊都雀跃起来了，从一个屋顶飞到另一个屋顶，长尾巴拖着，不知有多优雅，一群漂亮的精灵，让人欢喜得无可奈何。

有时，站在窗前，似乎可见楼下草甸萌出了绿意，又不是太真切，赶快下去仔细看看，拿手指抠抠泥土，草们的根筋薄脆新鲜，在隐隐地积储力量，然后奋力一跃，仿佛一夜间，宽了黄袍，就了绿衫。我们屋前有一片竹园，风过去，竹叶沙沙，冬天都是暗哑的嗓子，唱不出什么花腔来，这几天，可大不一样，风来竹摇，彼此呼应，仿佛相爱的人，心照不宣；即便风不来，竹子们也是明媚的，心里有喜事的人即便不作声，但那眼神就够迷离的了。门前竹园就是这样的人——其实，春天来了，哪一样草木不在相爱着呢？挡都挡不住，是植物性，更是人性，都有着一颗知冷知热的心。

冰箱里存了一点别人赠送的冬笋，把它们翻出，看看，舍不得吃，又放进去了。我们家居在石笋路，若是走正门的时候，想不看见这几个字都难。为什么叫石笋路呢？今天外出，还看见一条新鲜的路——云外路，这名字起得够虚无的，招人疼爱。其实，每天都在干着一些虚无的事，比如编副刊版面，不都是无中生有的事情吗？但，就是这种虚无主义在一天天滋养着人，比如二十四节气，不也是虚无的吗，为何这样惹人心心念念，无以忘怀？

人至中年，还有什么忘不了放不下的？就剩这些虚无的东西了，跟它们在一起，一颗心方觉踏实，有所怀，有所依……

二月是一年里最短的月份，一忽儿过去了。若不出意外，每年这个月，我们都在过春节，接着就立春了。春一旦立起来，雨水不邀自来。然而，这些都还不够，最重要的，还要有情人节——这个日子，代表着作为二月的最温馨的事情一直存在着。家人今年送了一个盆景，紫砂盆上刻着"静心"二字，算是劝勉吧。其实，孩子是检验一个大人修为的最好标准——自从有了孩子，我变得异常暴躁和不可理喻，感觉自己的身心都在受难——当每次向孩子吼叫过后，另一层受难纷至沓来——是愧疚和不安。

好在春天真的来了，把一切悲观主义的论调都收起来，无非好好过日子。什么叫好好过日子？珍惜当下，算不算？培养好习惯，不抱怨，尽量减少负面情绪……勇敢地生活。

立春，作为一年之始的标志，意味着一个个节日的到来。二十四节气，仿佛是时间给予我们的仪式感，提醒着万物相互怜惜，回过头来，道一声珍重，我们像草那样耐心配合着自然节律，一点一点地生长，然后把自己搞得绿意盎然的，慢慢地，桃花开了，杏花开了，我们像孔子那样去踏青，回来翻几页书，睡个好觉，打开窗帘，新的一天蹲在外面——时间要比盛唐的诗还要厚些，没有人可以活得过它。

接下来惊蛰。每见这两个字，宛如一记耳光，刷得人格楞楞的，万物萌动，何况身轻如燕的人们，走在地上，总有飞升的虚幻，所谓"田园经雨水，乡国忆桑耕"——说了几个来回，还是去了起点，回到了桑耕田园。

就这些吧，无非生，无非活。

流逝

  春天的繁盛，扰人心智，它让人无能为力，一事无成。"扰人心智"这个词，借之于科莱特。每一年的这个时节，皆受困于此，但一直找不着合适的词把它表达，直至遇到科莱特。
  大风忽东忽西，树叶跟着摇晃，那些树叶之上的花像一个个绳结，在风里扭来扭去，有的甚至在风中相互扭打起来。茶花过于硕大，不胜风力，"噗"的一声摔下。香樟的叶子管风琴一样往下落，是绛红色乐章。那些大风，偶尔停一下，仿佛一个人长跑忽然停下调整一下气息——午后在这一瞬，异常寂静。
  开着电脑，听管风琴，是《杜鹃与夜莺》，快板，有繁盛之意。换《天使小夜曲》……像凌晨的鸟鸣，一声叠一声，让人自柔和的梦境徐徐醒来，将双臂从温暖的被窝拿出，顺势伸个懒腰，再回头睡个回笼觉——中国有句俗语：千金难买回笼觉。
  到这里，我终于找到人在春天一事无成的症结。太过安逸，一切皆源于新绽的叶初开的花。我们到哪里，都逃不开姹紫嫣红。姹紫嫣红如众神起舞，是相当闹人的。尤其那些红色系的花朵，粉樱、桃花、碧桃、紫叶李、海棠……薄暮的时候，一眼看去，叫人恐惧。那些纷纷蹲在枝头的花，美得让人无所适从，除了指指戳戳以外，人类在繁盛的花朵面前一事无成。曾经在单位，出现过持续性耳鸣，若电脑里可听音乐，也不至于此。相信，《天使小夜曲》是可以治疗耳鸣的。管风琴这种乐器，有浩荡的意思在里面，是长风万里，但又区别于自然界的风，是令人安枕的长风万里，好比在一片草地上打滚，时间是静止的，四周布满浆果的甜味，从听觉至味觉的慢慢跋涉，一点也不辛苦，仿佛灯下读唐诗，一点不辛苦，倘若碰到生僻点的字，《汉语词典》伸手可及。

　　无法在春天做事。只有翻翻书，看看画。拿到一本《清秋雅器》，讲蝈蝈、蛐蛐，讲葫芦、土罐、白玉、青瓷。其中特型演员王铁成也是此中高手，王世襄更不用提了。以及那些京剧大师，一下场子便直奔蛐蛐而去。男人在"玩"这方面，始终持有天真的本性。但，这种天真也是昂贵的，连挠扰蝈蝈鸣叫的器具都是象牙做的，在象牙上再串一根老鼠胡须。想想看，有多么柔软。

　　花鸟鱼虫，号称四大玩。鸟、鱼、虫，中国人玩得好，我信。唯独这花，没有多少人玩出境界来。花的植物性注定了它的各色不羁。人，无论进化到何种程度，始终赶不上花的植物性。自然界里最可珍的就是那些具有植物性品质的东西，比如音乐、绘画、写作。尤其后者，无法把握，它几乎有着神性的光辉。我一边在春天睡回笼觉，一边烦躁不堪——苦恼着春天浩浩荡荡地一路流逝，且毫无还手之力，不禁黯然，是迷失的，抑郁的，暴烈的，几近失常的。

再说春天的月亮。它不再是水银泻地。任何一种金属都有着与生俱来的冷气，冬天的月亮有这种水银的气质。但，到了春天，就不复存在了。它更多的时候，被一层雾气围绕，仿佛不透光的玻璃，有一种光晕，看不真切。这时候，星星赶来救场，也就那么寥落几颗，不比早年的乡村，因为无遮挡物，"天似穹庐"这句诗体现得分外精准。多年来，在城市的夜空，诗词的古意根本是缺失的。在空旷之地，才能月挂中天，天似穹庐。许多天象，只能去古诗词里间接领会了——用心领，用神会，一如做人。

写作的意义不仅仅停留于体表的"字"上，它同样拥有一种气息，是活着的，有呼吸，文字与文字之间的呼吸；也有呼应，心与神的呼应。一直揣有一个大言不惭的理想，至六十岁上，我一定可以写出一本书流传下去，以与时间抗衡。现在所有的书写都是为着未来在做准备，它作为一把把梯子，将我顺利送达六十岁的高度。

可是，这种空想却被春天一把拦住了，一直停滞不前。去除准备一日三餐的时间，其余的，皆花在翻书看花上了，并且苦恼不已——这么宜人的气候，不应该啊。在写作时，差点睡着了。这格外叫人想念冬天的寒冽，零下的温度刺激得人时时处在警醒的状态。而春天除了赐予长久的睡眠以外，不给人任何好处。

春天总是用花开与鸟鸣扰人心智。管风琴一直在演奏着，仿佛天使排着队领取圣餐……还有什么不自足的——作为一个渺小的我，则梦想着为一些汉字找到妥帖的安置之所，然后慢慢走到白苍苍的六十岁。

种子们

扁豆米遍身乌黑,侧面有一弯白牙,犹如雏鸟的嘴,随时有张开的可能。头天晚上把它们浸在温水里,第二天看,浑身虚胖。捞起,湿淋淋地埋在弃用的脸盆里。盆里有土,纷纷细细,非常肥沃,埋入后,把土掩起,抹平,最后略铺一小层稻草——每天要过水,有了稻草的阻隔,泥土不至于板结。

几天工夫,有芽破土了,白里泛碧,像一个个问号,从土里钻出,穿过稻草的阻拦,每一天去看,都是新姿势。慢慢地,问号舒展开,成了小巴掌,两面合在一起,像一双手呈上,对折,再摊开,承接夜露白阳。再过几日,小巴掌就会变成对称的两片绿叶——满满一盆扁豆苗郁郁葱葱。接下来,要出嫁了,它们的去处或是圩埂,或是山坡。到了那里安家扎寨,或可在它们身边栽几棵高粱——依着高粱秆攀缘,一直到凌霄处开花结角。

我们家的扁豆是上好的品种,俗名"猪耳朵",肥大,遍身魏紫,稍微摘十几只,就够一碗。

还有南瓜籽。老家俗称番瓜的。扁平的白籽是头年留下的，与扁豆种一样，需泡一整夜的水，然后秧在盆里，铺一层草，日日过水，破土时也是带着问号的，仿佛自忖——我怎么就这样来到了人间？满腹狐疑，不几天，也就明白过来，人世的暖阳熏风实在好，就彻底把身体舒展开，分别成了对称的两片肥绿叶子，摸上去肉乎乎的，怪有意思的。你不要怀疑一个幼童蹲在地上与一盆南瓜苗对视半小时是荒唐的事情——那种幼小生命与幼小生命之间的好奇，是长久的，永不衰竭的。

在老家，将种子放在泥土里，叫秧苗。找不到对应的字，可能就是这个"秧"，名词活用为动词罢了。

头年存下的许多种子，辣椒籽、茄子籽、丝瓜籽、葫芦籽、瓠子籽……晒干后分别放在一只只小布袋里，吊在屋梁上，为了防止老鼠偷食，在布袋上方遮一块弃用的木锅盖。远看，就像"请死"的人头戴斗笠把自己吊在房梁上，尤其黄昏的时候，煤油灯尚未点亮，黑黢黢的，相当瘆人。七十年代的煤油灯造型相当好看，蜂腰，肥肚，上面有笔直的玻璃灯罩，擦得雪亮，搁在灶台，搁在桌上，隔着几十年的时光望去，简直堪称一件件艺术品——当年，怎么不懂得收藏几盏？

这一阵，在家频繁翻日历，找节气，叫惊蛰。凭着早年的经验，每当这个时候，种子就该下土了。由于严寒的关系，家里一些花没有挨过冬天，空出的花盆虚位以待，该不该埋一些种子下去呢？去年春天，我秧活了几棵南瓜苗，搁在北窗窗台，抽出的蔓攀上钢筋柱，一直延续到盛夏被晒死。

生命的神奇是无法窥探的，一颗坚硬的种子一旦遇到泥土，就会发芽，像两个人的心思终于对上了，从此生了根，土黑须白，盘根错节，像年老的胡须深深扎根于时光转角处，一居数月，临至盛夏，终于结出果子。古书上说：天生万物。这么讲，就不是泥土的功劳了？是天的功劳，要不，怎么不叫"土生万物"呢？天是什么呢？天是自然的规律。生老病死，就是自然的规律，是无常的，宗教的，不受人的意志左右的。天上有云，有鸟，有飞机，这是明白的天。除此之外，还有冥冥之中的天。这个天则是看不见摸不着的规律——惊蛰也是规律，它与四季配合默契，提醒人们什么时候应该把种子埋入土里，什么时候应该收获……

人们惊叹的时候，往往情不自禁喊出"我的天呐"，西方人是说"我的上帝啊"。上帝也是天。宗教的，让人敬畏的，就是天。

当种子们回到谷仓，或者被人吊在房梁，它们一直在静静地等，等着天的分配。然后熬过春节，终于迎来了翻身下地的时刻。

央视《同一首歌》有一首片尾曲，每当毛阿敏领着孩子们唱：

> 甜蜜的梦啊
> 谁都不会错过
> 终于迎来今天这相聚时刻
> 阳光洒满了所有的童年
> 风雨走过了世间的角落……

我特别感动，简直热泪盈眶，这支歌分明是唱给种子和泥土的。它们相扶相惜，彼此感恩。

台湾人特别喜欢用"惜缘"两个字。我想，种子和泥土也是相当惜缘的。

早春

　　立春以后,阳光的颜色明显起了变化。清晨,是橙黄色,斜插进窗口,让人迷蒙——双眼微闭,有成千上万颗大橙子在跳舞,真是不忍长睡,快快爬起,把花啊草啊全部搬去阳台;午后的阳光,白晃晃的,如水银泻地,有金属的质感,沉甸甸的,让人瞌睡,还晃眼。到了黄昏的时候,阳光的金边染上了一层铁锈红,好看又隆重,小孩子在空阔的地上拍球,被这种镶了金边的光晕笼罩,像西画里的天使,偶尔一声尖叫,穿透女贞树密集的叶子,把栖息的鸟吓一跳。空地上的草尚未醒来,它们还在铁锈红的阳光里酣睡,积雪未曾融尽,被零下的气温一冻再冻,软柔感荡然无存,变成一坨坨冰碴,踩上去,发出的微响不大好听。

　　这些天,阳光和煦,阴了一冬的棉絮、衣物纷纷得到了惠顾,它们被搬进阳光里一晒再晒——把脸埋进去,有铺天盖地的馨香。早春阳光的香味是微薄的,在微寒的风中若隐若现,像一篇长赋,也不见得多有文采,但结构颇好,大致的架子在那里,在文坛上终于有了一席之地;更像酒的绵醇,不喝它,就放在柜子里，也可想象它的绵延九里……

飞鸟在阳光中恢复了雀跃的身姿，它们醒得早，从凌晨就开始了鸣唱，各种鸟声汇在一起，成就了一部华章，是交响乐，一个乐章一个乐章地此起彼伏，它们非常注意高低音的谐和，没有谁会突兀地发声，彼此都是了然于心的，没有谁走错了音——云雀是小号，腾的一声上至云霄，然后偏不下来，便不见了踪影，是非常顽皮的一个音。麻雀可不一样，它们一直任劳任怨地配合着百鸟吟唱，冷场时总是由它们来救场，也像小提琴，寂寂寂地若有所思，婉转随和，更像大合唱时的共声和鸣，倘若碰到高潮处，它们就会被更高亢的唱腔掩盖，但也不气馁，一直这么小声地唧唧着，长久而忍耐。麻雀这样的鸟类像极一种人，一年四季，埋首苦干，不问荣誉，有它无它，都心如止水。这样的人有境界，心在千山外，不计得失，宠辱不惊，没有什么能奈何得了他们。

常常去小区那家小食店早餐，无非一碗粥一只包子。等待间隙，去到那悬在门口的鸟笼前，跟一身玄衣的八哥招呼：你好。它非常骄傲，得视当下的心情定，不高兴时，是睬都不睬的，遇到兴致正浓，会报以无数"你好"，点头哈腰地作揖，倒弄得我不好意思起来，像无辜受了别人的厚待无以回报，只好退下喝粥。年初九的时候，我又去问候它一声，出人意料地，这只八哥学会了优雅，报之以"你好"，肥身体一动不动，给了我一个措手不及。没再想出别的祝词来，在新年里，我们之间出现了冷场，有些尴尬，于是我坐下来吃一碗云吞。它终年被困于笼中，外面的世界，也不留恋，也不得抑郁症，做到了随遇而安。

2008年元月，对于长江中下游地区的人们而言，是很难忘却的月份，它的寒冷久久盘旋，它的持续冰雪冻雨，它的蔬菜价格呈几何级数暴涨……过完新年，我们格外期待阳光，也包括那些鸟儿。立春以后，它们重现层出不穷的吟唱。人类与它们，双双有了珍惜之情。我分别给花草们施了肥料，把水浇透，一盆盆晾在阳台，那些过剩的水滴啊滴啊，一直滴到楼下人家的防雨棚上——元月份大雪的时候，我与家人默默做了一件事，把楼下人家防雨棚上的积雪清扫掉，要不，这样单薄的棚准塌。雪太厚了，钢筋结构的自行车棚都塌了，何况这样的石棉瓦？

比起往年的迟钝来，我们和鸟儿都有劫后重生的喜悦，格外珍惜这初春的阳光。计划着去植物园看梅，一直未能成行。我还惦记着包河公园那几株绿萼开花了没有，马上就是草长莺飞的时节，百花齐放的当口，谁还会去看望它们呢？

人类常常在春天的盛典里迷失自己，找不到方向，沉湎于睡眠……后来，索性把自己都原谅了。处处红花绿柳，七色迷离，作为自然界中的人，失去方向感也是可解的。人缺乏的是树的坚定不移和花的不着一言。一错再错，在所难免。自然与节候从不与人计较这些。季节与鸟类才是一对配合默契的好搭挡——我们从鸟的叫声中可以轻易辨析季节走到了哪一刻。此刻鸟类的欢悦，正暗合着泥土的萌动，那些黑灰色、深褐色的泥土在花盆里一一醒来。每当我用铁器刺破它们规整的秩序，仿佛回到了故乡，满目的麦苗、油菜在泥土的滋养下纷纷醒转,像慵懒的小媳妇,正在秘而不宣地准备着一场孕事。

春天是女性的,是生育的,百花齐放,百鸟争鸣,一场关于孕育的盛典。阳光正好——紧跟"立春"的第二个节气"雨水",是更加丰盛的宴席,我们和树们还有鸟类,都在期待着一场热闹的流水席。

天还是那个天,但,较之往日,要湛蓝得多,梦幻一般的蓝,没有云朵遮挡,我们一眼就可望见九霄。春天夜晚的月亮,也是新鲜的,有一种气息,笼于山川河流,让那些习惯黑夜的虫类从容地找到方向和归宿,然后与我们一起沉入睡眠,长久地。你看,万物寂静,得其所愿,胡兰成的话有了用处:岁月静好,现世安稳。

白露以后

季节走到白露，天气真的凉下来。清晨六点左右，推早起的孩子外出散步，经过一片竹园，竹叶上明显挂了许多小珠子，拿手拂一拂，尽是湿印子——长舒一口气，终于把深秋给等到了。小区南门外，是一片开阔地，不知哪个单位圈的，一直荒着，被勤劳的人分别种上了大面积的棉花、芝麻。一朵朵棉花开得正酣，是小精灵一直大睁着红白相间的眼，在清晨的雾气里好看得很，让人想起遥远的岁月，有一份随遇而安的安稳；芝麻则肥硕得不成样子，一棵棵高达数尺，结着累累的荚，顶端不慌不忙还有些花，舍不得开完的样子，浅青色，在清晨的风里摇摆不定，单薄得很，让人想起一些落势的名媛依旧淡妆出镜。

二十四节气里，白露这个名字是最好听的之一，让人想入非非——人有幻想，不是坏事情，说明了生命力的旺盛。关于二十四节气，民间有许多谚语——比如白露这个节气，古人又把它分为三候，所谓：一候鸿雁来；二候玄鸟归；三候群鸟养羞。念起来，古意盎然，美妙得很，让人对汉字产生流连之情,尤其这个"群鸟养羞",真是美得不能言说。汉字本身的美是任何东西替代不了的。什么叫"群鸟养羞"呢?特地查了一下,哦——原来是百鸟开始贮存干果粮食以备过冬的意思。在古语里,仅仅用"养羞"寥寥两字就给概括了,像一个会过日子的妇人,省俭得不能再省俭,往远了说,又非常有张力。古人大抵都是武林高手,不喜欢拖泥带水繁篇累牍,只愿把手那么轻轻一捻,便飘然而过了。

群鸟养羞的日子,一切都变得寂静起来,天上的云仿佛也来呼应,它们都不大出远门,如此这么,剩下秋天的天,都是空的,阔的,既高且远,湛蓝一片。尤其群星烁烁的夜晚,更加玄奥耐看。每夜临睡前,都要去露台,看一会儿天象,除了星星之外,什么也没有,只有我自己。自己是强大而具象的,在凉风习习里沉浮。这样的氛围能把人带去很远,或许什么也没想透——没想透,又有什么关系呢?灵魂始终是轻盈的,仿佛一片月色洒在水上,令人心动的迷幻与神奇——这时候,一颗心退位了,陷入虚无里。在佛界,可能叫入定。

白露以后,草丛里小虫子的叫声一浪高过一浪,真是秋虫呖呖啊,一夜一夜吵得人无法深眠。我总是抱怨……孩子爷爷言:你心不静。我反驳:你不了解一个神经衰弱的人的痛苦。

睡不着的夜,应该找点事干干吧?剥毛豆,擦地板,叠衣服……大凡俗世里的琐事,没有哪一件可以平抚精神上的焦灼。末了,还是翻翻书,是古诗。古诗都有"群鸟养羞"的特质,连表达人基本的情感,都那么端正大方滴而不露。古人的心,真静,不比我们,直至人到中年,还是那么一如既往的毛糙。糙米不好吃，何况人心呢？所以，生活里，一个时时宁静的人，多么受人仰慕、尊敬。一个宁静的人，也是惜言的人，话越说越少，事越干越多，芝麻荚一样密密麻麻。年深日久，黑芝麻一样可观的成就便显现出来了。

民间有春困秋乏的说法。也是，整个长夏我们都在劳神散气，到了秋天，身体能不乏吗？所以，便要养了。养是什么呢？就是把自己的身心收紧，开始储存，宛如鸟一样，所谓群鸟养羞，就是这个意思。

栀子花

前后养了好几盆栀子花,到末了,总是死。越珍视的,越小心,盖因敌不过一季短命。纵然屡养屡亡,也无损于侍弄它的兴趣。生活里,原本是个意兴阑珊之人,没有什么东西值得待以持久的恒心。然而,今年,忍不住又买回一盆。小叶,单瓣,用夸张的说法——简直千朵万朵。开了的,一片纯白;未开的,紧紧把青朵子抱在怀里,有不容侵犯的矜持。土是沃土,只消浇水。

摆在窗台上,夜里躺在夏帐里看书,不经意间,风来了,一种体己的芬芳一波一波旋转,禁不住深呼吸,恨不得把一切都揽入肺腑——那么熟悉,远远闻着也不解馋,禁不住要跑到跟前把鼻子凑过去。在栀子花面前,人会想,什么热闹繁华都可以错过,唯独这一刻的芬芳不能忽略——是盲人对于世界的揣想,无非栀子花那般美好。

栀子花的香味,大概是有灵魂的,这么多年没有改变。远了闻,徐徐地袅绕,宛如值得珍藏的往昔一来再来,怎么沉迷都不过,也不伤人,只能是永恒的抚慰;也像稚孩幼童身上散发的乳香，对于母亲言，永生也不厌倦。

栀子花年年开，也不知道可厌倦。苍翠鲜碧的叶子相互掩映相互簇拥，悄悄地，端午来了又走了，栀子花踩着节气的点，第一朵芬芳初绽，是初来人世的白，在明月清风里激荡。香味像喜悦，一缕缕地送出去，然后把你包围，坐禅一样无我，与人，像在天地间谈心，交流思想上的有与无，四周溘寂一片。

市政府广场附近植有大片栀子林，微雨过后，简直可以听得见栀子叶欢叫的声音，那么碧亮绿翠——比起栀子树的绿，所有的绿都成了哑巴，一起低头想心事。

心事，何曾要想着？它一直在肺腑血脉里。如同这么多年，栀子花的香味，来自山野的，纯粹的香与白，像一个实诚的人，其醇厚与绵柔，一刻不曾改变过；也是一种心意，日日夜夜，深远流淌。

这一阵，特别热爱张蔷的歌——那是一个时代的印记，我们确乎年少过。当音乐起，当突然启口，那是怎样的嗓子啊？许多年过来，仿佛所有的嗲，都被岁月原谅，是夜凉如水珍重加衣，更是春风激荡前途无量——谁没有过年轻的时候，梦想那么的畅通无阻所向披靡，青春的身体一直飞翔。到了中年，才落下来，静静过起日子。怎样才是日子呢？日子就是一锅咕噜肉在冒泡，走廊上的衣服在滴水……平庸，恒久，唯一的修养则是忍耐，忍耐，再忍耐。然后，一颗沸腾的心枯了，是黄叶几片，落在初来的地头。地头永远种着薯粱菽麦，故乡的风一波一波。

只有到了中年，才会对那些梦想起贪恋心，它们原本在，纷纷被俗世的烟尘呛了喉咙迷了眼。最终，它们都不在了，我们只在花的芳香与歌的绵醇里怀念。

春天的几个词

A 雨

雨下在春天，是相当愁人的。尤其清明前后的雨，连绵不绝，对于长江中下游地区的人们而言，简直愁肠百结。气温骤然降低，不得不将搁置已久的薄袄翻出，穿上，人始终是瑟瑟的。乡下人形容数天阴雨颇为传神：扯连阴。天地晦暗无明，断线的雨点杂糅其中，在意绪上，更添深寒。风雨如晦，一定是指春天的。冬寒，彻骨；春寒，则是彻心的。人困于屋内，搓着手，望着连绵的雨，了无生趣。

屋檐下，草棚边，牛栏猪舍旁，滴滴答答，恋情一般缠人，恼人，拂不去，赶不走，弄得身心皆沉，恨不得痛哭一场。荒坡山洼间，坟头的草在雨水中次第绿起来，我们不会忘记给逝去的亲人上坟。爆竹的响亮一把被雨蒙住口，连呼喊也来不及，简直沉闷不堪，那些冥纸化成的灰烬始终飘不远，被雨水拽住停下来，霎时不见了影踪，俯身为泥了吧。

偶尔冒雨去河边挑水，不经意间抬头，远处田畈有一个小黑点在移动，待近了看，小黑点变身为村里的小旺叔。小旺叔举着一把桐油黄伞行走在湿滑的田埂……并非种瓜点豆，并非耕田耘作。他只随便走走，散散步吧，我觉得。一位乡村大叔在春天里，懂得田畈访雨，要说情趣、品位，不知比自视甚高的城里人高出多少来。

B 风

　　乡下人，除了田畈访雨，也爱坐在大树下望天。乡下视野广阔，天地浑然一体。我们除了日日与土地打交道，也就与天隔得近，看着可亲。默不作声，坐在浓荫下，看天上风云更迭，这时，恰好有风路过，心头会有哀伤之感……那滋味相当曲折，多年来，不曾准确地表达。看来，文字抵达内心的距离是遥远而漫长的。

　　有时，放牛。牛自顾自食草，我坐在草坡上看天，恰好，风也过来了，吹脸颊上，依然丝丝凉意，也是有忧伤的。那时的忧伤，不大沉重，是明亮的，薄脆的，若用颜色形容，那也是一种碧色的忧伤，慢慢自心田爬过。是薄暮时分，村庄上空陆续有了蓝色烟柱，从笔直到歪斜，被风吹乱了，一直捋不齐整，这是晚归的时刻，非常温馨，留在早年的记忆。多年来，一直喜欢薄暮，这里有恩宠的滋味——牛羊入栏，鸡鸭回埘，万物开始陷入寂静之中。

　　多年以后，终于明白过来，那种忧伤可以用一个词代替——风吹浮世。早年那种薄脆的忧伤，长途跋涉至今，终于又增了些沧桑的意味——也并非多痛彻，反而更加平静了。

在乡下度过童年的人，谁没有过于草坡放牧的经历？当仔细想一想，在那些相似的早春，被风吹着，默默看天，看远方的山岚剪影，如此熟悉的味道又回来了。原来，那一刻，就叫——风吹浮世。

昆曲《牡丹亭·惊梦》里有一句唱词：摇漾春如线。以前，一直不大懂，为什么叫"春如线"？

某日，正刮着风，黄昏的时候，站在晦暗的窗前，忽然看出了"春如线"的端倪。春如线，用在绘画上，就是抽象的表现手法。是春天的风让所有的树枝变成了一根根抽象的线。吴冠中先生也曾画过一幅《春如线》，抽象的，密不透风的线条占尽整个画面。

春天的风吹在柳条上，最能体现春如线的深刻。古人说柳如烟，正好对上了春如线——风吹柳烟，若现若无，是缥缈的，幻觉的。风在吹拂，山河一点点泛青。且离不开两宗主打色：碧，翠。这两个字的底色都是绿的，是绿的不同层次。碧为浅绿，鲜亮，湿润，是万里茶山第一把雀舌，被一场微雨浸润后的亮色，我们称之为"碧"。这是春天的第一层境界。慢慢地，春天被风牵着往深处走，就也到了第二层境界，那就是翠。翠为深绿，是碧行到水穷处忽然遇着了阳光，这么一晃，成了翠，是玉翠，始终有体温的，反反复复被风牵着走，竟牢牢地把江山坐稳。风前风后，都有泰山稳坐之美。早春的碧，是童稚的，羞涩的，经不起风吹，仿佛如烟如线，所以《牡丹亭》里才有"春如线"的说法。到了晚春就好了，翠绿坐稳了江山，所有的线条退去，把大风还给浩荡的夏。

C 花

　　古人特别会造词，比如风花雪月，暗合着春夏秋冬四季。风和花，属于春夏；雪和月，隶属秋冬。春有百花秋有月，夏有凉风冬有雪；若无闲事挂心头，便是人间好时节。这是宋代无门禅师的一首诗偈，述说了内心的自由，同时扣合了心经所传达的"观自在"。日本禅宗与剑道也主张：春观夜樱，夏赏繁星，秋品满月，冬会初雪。樱在中国不是太普遍。中国人一般喜欢陌上赏花，在自然的村野，更为旷达。比如走着走着，突然看见了一树桃花。沿用胡兰成的花观，桃花是开得最静的花。枯瘦赭黑的枝上，浅粉新绽，碧叶初乍，粉碧相映，是云霞跌落凡间……

　　邻居后院就有一株桃树，开得素淡，特别适合远观，人在二楼窗口，斜斜望过去，一树浅粉碧绿简直把粗陋的日子提升了一个台阶。桃花想必是春天的一个诗眼——人在看它时，或多或少都有一些抒情的心绪，忽然起了意，但到底找不着寄予的出口而又默默咽下——所谓不动声色，便源于这曲折心思。人们都说雨后看花最美，可能是。梨花是一定要雨后看的。在雨后梨花前，人人语屈词穷，但有一个人最具文采，用了"银碗盛雪"这个词。银碗是艺术品，适合看，不是用来盛饭的，是盛雪的。碗和雪都适合看。这个比喻相当孤卓。这个人是胡兰成。

倘若没有桃红梨白的盛景，怎么发掘出人的慧敏？可见，天赋与机心多么难得。可不可以认为，一切美的东西，都有启智之效？

D　泥暖草生

清明前后，种瓜点豆。我妈一边说着这些谚语，一边挑着两只稻箩出去了。她这是烧火粪去。什么叫烧火粪？容我费些笔墨。

火粪，是农家肥的一种。颇费周折。随便找一块空地，用铁锹翻土，把土坷垃一一敲碎，垒成锥形的一堆，再从中间扒开，垫一层稻草，这样的基础工夫完成后，再在稻草上陆续铺上干牛屎片、干树枝、碎木屑等，然后再铺一层稻草，将事先扒开的土覆盖上，依然是一个锥形的土堆，两边露出稻草，以便引火用。擦一根火柴，稻草被点燃，经风一吹，烧得呼啦啦的，紧接着，就到了土的里层，火遇到了阻拦，势头刹那间小起来，青烟适时起来了……人可不管了，挑着两只稻箩回家。土堆里的干牛屎片、干树枝、碎木屑等，就那么被土蒙着，一般要独自烧上三两天才熄灭。三两天后，人又来了，这时除了两只稻箩、一捆稻草外，还扛过来一把锄，要把土堆盘一盘，原本褐黄色的土变成黄黑色，看上去尚不够肥，再依照第一次的程序，把土烧一遍。这样地烧上三四遍后，整个土彻底乌黑一片，是瓜豆们最好的肥料。

烧过火粪以后，犁田打耙的时刻紧跟着到了。一片水田整饬好，一眼望去，水汪汪明晃晃的，人再扛一只钉耙从水田里抓点泥覆在田埂边缘，晾若干天，待稍微干一点，用铁锹的一只尖在这些软泥上挖一个三角形小坑。干什么？前面不是说了，清明前后，种瓜点豆。把黄豆放进小坑里，这时火粪派上了用场。一个小坑里撒三五粒黄豆，在上面覆一把火粪，万事大吉。是真的不用再操心，就等着秋天来砍豆子吧。等豆苗长出，偶尔来锄锄草罢了，无须再施任何肥料。

所谓种瓜，并非像点黄豆一样，瓜秧必须移栽才好。也是在荒坡深挖一个坑，把火粪填上，在上面栽上瓜秧。任何庄稼，依靠的都是充足的底肥。

蔷薇蔷薇处处开

最好的天气莫过如此——夜里一场雨,使清晨的空气里弥漫着土的味道,泥腥里夹杂着微甜,显得特别踏实、朴实、真实。月季的花特别大,一直领衔主导地位的深红、粉红两大色系格外引人瞩目,半开的花蕊里藏着昨夜的雨水,将原本奔放的香味稍微压一压,这时就变得稳重起来了,把鼻子凑过去,肺腑里都是芳菲之气,有一款香水也是这个味,犹如穿着一双花布鞋走路,有小家碧玉的温润端庄——是的,月季的香味特别端庄,雨后的月季又分明含着一种静寂柔娴的气质,嗯,是良家女子。

然而,这一味芬芳远远都是不够的,五月里最美好的事件之一,应该是蔷薇的开放。

是一面墙,从早春开始,攀上附下的,举着那么些小花骨朵,暗夜里灯盏一样,一盏盏,一盏盏地,慢慢把自己打开,真是耐得住性子啊。这期间,多少花走过场似的开着——起先是白玉兰,然后辛夷花,茶花,连翘,迎春,海棠……再后来就是牡丹、芍药……也是晚春了——所谓晚春,就是春将不春，意味着依红偎翠的日子将要远逝，但蔷薇们就是不急，静观同行（女人与女人是同行，花与花当然也是同行）竞相邀宠争妍，最后都无一例外地败兴下来，蔷薇这才又来了劲，兴致勃勃开始了一生中最美好的时光。没有哪种花有蔷薇那么热烈幽深，像少女身陷爱情一样不计后果，将整个身心投入进去，洁白无瑕地开着。有时，花骨朵时期，明明隐着一点点红，但，到真正打开自己时，仍是一览无余的白，这种白无异漂白的白，也非朴实的米白，是杂着一丝丝青的白，像一滴墨洒在宣纸上，沁在里面了，将青色的灵魂都附着上去了，整个身心地扑进去，真够舍得的。蔷薇是最舍得的，倾其所有地开，到最后，竟又是那么狂野，甚至让你替它们担心着，这么柔弱的身体，如何担得起数以千计万计的花朵——然而，这些花朵，真是硕硕累累，简直是郁郁葱葱的负累，好像一个人，被生活的琐碎牵着绊着，终于有了烦恼，有了体力不支，面容上呈现出疲态来——远看，仿佛默默不语，到近了看，又分明有了诉说，那种香味，就是一场高密度的诉说，一齐向你扑过来，连一根针也插不进去的，你别无他法，只有一把接住，那么实在。实在里含有憨厚的意思，如今这年头好像似乎仿佛不吃香了，对吧？但你又觉得蔷薇特别自恃识体，像许多花吧，它们开得比较圆滑——我就不举例子了。

这么好的时节，哪个舍得辜负呢——趁小儿熟睡之际，在电脑上搜龚秋霞版《蔷薇蔷薇处处开》，二十世纪的气息扑面来，继而联想至画面——上海百乐门舞厅里，是爵士乐，一遍遍演奏着这个曲子，男人搂着女人的腰，疯狂地跳摇摆舞，所有人都在抖动自己的身体，快乐酣畅一场，一派盛世气象；但，再仔细听，又分明有末世的颓唐，歌舞升平的后面是巨大的颠覆与毁灭……

龚秋霞走了，那些特有的民国气息似乎还残存在黑白照片里，邓丽君版来了，后来，邓丽君也走了，无数ABC版又紧跟着来了，哪个时代似乎都不缺乏歌声，歌声永远不会停歇下来，正如蔷薇一般，一年一年，来了又去，去了又来，守信，守时——如今，还有什么比花朵更能守信守时的呢？

说回到蔷薇本身。每次，抱着孩子，站在一墙花下，指给他看，这些一二三四五六七八九朵小精灵，怎么数也数不过来呀，是千千万万朵……他年纪尚幼，兀自眍着一双不大的眼，一副涉世未深的混沌模样，而我，仿佛一个煞费苦心的僧人，执意教会他，什么是普世幸福。好比这就是——能有心境站在千万朵蔷薇面前，一遍遍地数它，赏它。所谓幸福，莫过如此——置身春天，毕竟尚且还有一息心力，再譬如把鼻子凑过去——所有的芬芳都过来了，所有的好日子都是我们的。

树开花

　　盛夏最美好的事情是能够看到合欢开花。那么高大的身躯，细密的叶片相互拥挤着，盛夏里还寒冷吗？不，不过是烘托，小夜曲一样低回的花开在众叶之上——无数支孔雀的尾羽，在阳光里一点点起伏，水浪一样波动，幼童的梦一样干净无邪。每次买菜经过那棵合欢，都要驻足一番，是平庸生活里忽然吹过来一阵抒情的风，让倦怠焦灼的身心意外地舒展了一下，然后格外精神抖擞地把日子过了下去。然而，心灵的栅栏早已鲜艳一片。不知道拿什么去形容合欢花的美。这种美不过是一种小美，不动声色的，不值得大张旗鼓的，容易忽略的，与生俱来的。合欢开花像极了一种人，一辈子家常便饭，简入俭出，仿佛从来不舍得绚烂——就连它跌落下来，都让人珍爱地捧在手里，身体里一种呵护的强烈要求自然地流露出来——并非被动，而是主动——这个世界上，除了孩子，还有什么值得我们主动地前去呵护呢？合欢树的花，高高地，漫漶地被举在树巅，一点不骄傲，不自夸，与生俱来的安静绵软，像极了一个好脾性的女子，羽毛一样柔弱，但骨子里也是鲜妍的，像云贵地区印染的粗布，稍微拖着一点点俗气的红，就是这一点点俗气的红把它还原了过来，不至于脱离大众的落落寡言孤寂独清，它毕竟有一腔热气，是在过人间的日子。合欢花适合捡回来，在小孩子脸上拂一拂，痒痒的，像小虫子在爬。闷热的夏天里，还有什么比做这些无聊的事情更有趣的呢。

也是盛夏吧，比起合欢花的宁静迂回，南方还有一种树开花，那可真是刚烈。它有一个虚无的名字——凤凰木，它的花叫凤凰花，比起合欢花不容侵犯的贞静来，凤凰花可真奔放，烈焰一样激越，豪情四射，仿佛生命里所有的激烈都在盛夏被点燃，不这样迫切地来一下，不足以证明自己活过一场。那么全情投入地把自己沦陷进去，不知疲倦地释放着，仿佛提前预支了未来，只在这一刻，这一时，这一世。远远地看，凤凰花真是太危险了，犹如一个入戏过深的伶人，把自己放在一场场红色的大火里煎熬，真是没有前途的燃烧啊，但同时又是那么骄傲，不惜一切地，把自己端出去，那感觉，真让人颓废。凤凰花就像一个多血质的人，往往，疯狂起来，忘乎所以，让人久久不能忘怀。

然而，最令人难以忘怀的还是槐花，它那么平常平民地开在平凡生活里，也是开在你我童年深处的花，代表着大树美荫的岁月，即便简陋穷困，一旦回忆起来，也总是那么甘之如饴。每一个充满槐花的童年，都是珍贵而不可复制的，它一直都在，大幕一样洁白无瑕而没有褶皱，也像日子本身，原本大河无波地流淌着，就这样，我们眼看着它流走了。

倚靠

久雨初晴,阳光正暖,天蓝得与梦一样。白劳在树枝上且唱且跳,其音悦耳,其身悦目——这样的时候,人的一颗心,彻底松懈下来——特别希望做一件事情,坐在阳台小竹椅子上,给孩子补衣裳,花袖子,小裤腿的,翻来覆去中,都是阳光的馨香,针有些钝了,往发棵里擦一擦——多年以前,我们的外祖母就是这么补缀的,一大筐旧了的衣裳搁在足边,一件,一件地,连啊缝的,针脚密实,不偏不倚,仿佛我们为人处世的态度,从容不迫,于心无愧。那时的日子走得特别慢,就像坐在阳光下补缀衣裳,从晌午默默坐到日暮。

日落西山,是一个遥远的词了,在几十年前的庄上可以望见,红彤彤一大片,霞光万丈,好像明星谢幕,把最绚丽的衣裳穿出来,优雅地鞠躬,发表答谢辞,然后,得体地走下台去,像落日那样隐身于天边。那时的天,是有边的,边就是永远不可得的梦想、希望和渴盼。日落西山,也是慢日子换来的。过去的日子,是一天天地过下来的,漫漫缓缓,像巴赫组曲,具备相当的耐心,才能把它奏完,一曲终了,已是夜深时分。

那时，我们挑水浇菜，包括做所有的农活，都是那么慢。从很远的家里，一趟一趟往菜园里赶，并不急迫，是与风同在的，走在松软的地上，特别让人踏实，没有焦虑这个词可言；我们也喂鸡养猪，那时的鸡啊猪的，也长得慢，与那时的日子配合默契，相得益彰，连风都是徐徐吹拂的。

也是这样的时候，油菜花该谢幕了。早晨的时候，我们把手笼在袖子里，蹚着晨露去山坳里摘菜，无非莴笋、大头青、茼蒿等，春寒是有点磨人的，让我们瑟瑟的，心弦总是舒展不开。那时的乡下人，大多口味清淡，没有什么荤腥缠绕。偶尔，上了年岁的人，起个大早，去一趟镇上，在早点铺里坐下来，也就是两根油条一碗稀饭的交情，吃罢喝足，将钱从手绢里取出来，皱皱的，像他额上的纹，一个饱嗝之后，再去街对面的肉铺称一斤猪肉。那时的猪肉一块二一斤，一刀斩下，再戳个小洞，把草绳伸进去拴好，拎在手上，一个富裕殷实的早晨。

那时候，我常常放牛的时候，长久眺望东边的方向，越过龙山大队，就是横埠镇所在方位，那里有电影院、布店、理发店、百货公司……还有笔直的林荫道和美丽的花圃……这些，令人徘徊不前，简直心生自卑——我们与镇上的人，分别是两个世界的人，他们洋气，穿皮鞋，穿烫得齐整的衣服，得空的时候，听邓丽君和张蔷……而我们伸出来的双手，那么粗糙，皮肤釉一样黑，简直打了深深烙印，怎么洗都洗不白。

那时，夜里，是可以望见繁星的。天，仿佛一片锅盖，也像西方教堂的穹顶,非常有弧度地罩下来,日落西山以后,我们没事可干的时候,喜欢抬头望天——天上除了星星,什么也没有,我们就那样一直看着,看着,仿佛与时间比慢,看谁熬得过谁,到最后,还是我们败下阵来。一阵风来,迫使我们缩紧脖子回家……

迟早,每个人都会回家的,就像我们在心灵上总有个归依的地方。归依,是一个多么温暖的词啊,之子于归——归来以后,便有所依了——比如天这么蓝,就是一种依靠,连带所有的幻想,都是无穷的支撑;比如这个下午,天蓝得让我幻想做一场针线活,给孩子补缀补缀三两件小衣裳。其实,这样的时代,是无衣可缀的。他穿得不薄也不厚,被阿姨抱着,大笑着将身子向我的怀里倾过来,闻着他的小脸上扑鼻的乳香,这样的香味,多么经典多么给人倚靠啊。

小美

在大瓦缸里种三四五六棵白菜,小虫子把菜叶吃得豁了边,像豁牙的老人说话不关风;

在自家院子里打一口井,夏天浇菜,冬天洗衣,水在盆里冒热气;

从女贞树上打下老丝瓜,把皮剥了,一堆绿苍苍的瓜瓤躺在青条石上尚存一口热气;

野草丛里一棵姜花,从白露开至霜降,犹如一个少女在吃吃地笑;

蔷薇在春天就谢了,把身子攀在铁栅栏上过冬;

一枝苔红色月季开着,肯与它作伴的,是一棵上了年纪的花椒树;

腊梅结了无数花骨朵,大雪不远了;

白头翁、灰喜鹊联袂分食一棵柿树,深醉色的柿子啪嗒一声掉在地上,像人受不住吵闹迅速捂起耳朵;

枇杷树等不及,急急忙忙开起花;

秋桂的花依然在,犹如往事被涂了一层漆,回忆起来可闻到铁锈的味道；

夜里睡不着，翻完三本书，依然睡不着，去阳台，仰望星空。天像一块脏抹布铺在头顶，想起"天长地久"这个词，根本就是讲时间的一个词，并非爱情；

其实，爱情与文学在本质上相若，都是无中生有的事情，甚至爱情尚不如文学。在格局上，前者远远小于后者。

早晨，在小摊上喝一碗粥，吃一个芝麻包，然后绕小区转一圈——

我把看到的都记下来，一种风和日丽的小美而已。

本草有道

喜欢逛中药房，并非买药，只是随便看看。置身中药好闻的味道里，有虚幻感，仿佛一直与人约会，无须落实到婚姻，自适又淡定。多宝格的抽屉，一层一层地叠加，像一个个甜美的梦，夯实又铺张，拉开来又推进去，里面藏的都是有好听名字的草药。对于许多中草药，都是先见其名，后识其身的，就像先看爱情故事后恋爱一样，总有些恍惚感。中间隔着一层光阴，明晃晃的，惹人流连。

达尔文将《本草纲目》说成"1596年的百科全书"，时不时翻翻，不同的版本都拿来，看看有什么迥异。李时珍的伟大，在于把植物分为草部、谷部、菜部、果部、本部，又把草部细分为山草、芳草、湿草、毒草、蔓草、水草、石草、苔草、杂草。第一次读这本书的时候，非常惭愧，作为一个乡里人，日日与植物为邻，对它们却如此陌生。那些存在千年的植物，竟被一位古人的慧心点燃了，多少年来，一直给人以荫泽。

《本草纲目》翻得久了，不免思考，我们与植物之间究竟是一个什么样的关系？相互依存，相互照拂？好像植物给予人类的永远多一些。夏天，熬点儿车前草的水喝，一则降暑，二则消炎；冬天，在猪小排里加几截淮山药，所谓补气。中医最讲究气。听来一个真实的故事，某人为一方首富，每年都要吃上几万元的冬虫夏草，最后把好好一个身体搞垮了。可见，草药不能随便补，得讲究个度，一旦越了，反而有害。

有很多草药的名字富于哲学意味，比如独活、决明子、九里明、丢了棒、王不留行、十大功劳、雪上一枝蒿。你看，雪上一枝蒿，遗世独立的一个名字，实则有大毒，用之，得当治病，失当致命——其实它的功效无非祛风湿、活血止痛。还有独活，非常慎独的一个名字，用它的根治病，止头痛、牙痛、腰痛，唯独气虚的人不能用。想想也是，按照字面理解，人家都独活了，说明生命力强大，肯定愿意与气盛之人结伴而行，气短体虚的人肯定受不了这个。这就是命相上所说的相生相克吧。宛如男女之间，气味相投者才能在一起将日子过下去，道不同不相为谋——万物都在遵循着一个道理，你我不过是棋盘上的卒。

年轻时喜欢草本植物，可能出于一种纯粹的天然喜好，慢慢地，年岁渐长，再来重温这些，恍然大悟，原来可以读出"道"来。《道德经》讲道，《论语》有道，《庄子》明明也在布道……人愈活愈老，竟处处见道——曾经以往，读《本草纲目》，是被李时珍的文风所吸引，如今读，悟出世间万物里都有道。一个人内修到哪一层，就可以悟到哪一层，一点不带掺假的。

在香港，买回豆蔻膏，既可平息幼儿的咳嗽，又可缓解大人的头痛。有中国人的地方，就有本草药物的影子，一年年里，我们相互需要着，难以分开，宛如纯洁的源头，日夜流淌。

拥有一块地

就是这样的雨天，四周被青草和树木包围，烟雨迷蒙，一切颇似仙境。来到户外，在青石板路上站一会，感觉内心的芜杂好像一下都被清空了。这个时候，特别希望能够拥有一块地，像在乡下那样。

穿上胶鞋，带着种子、有机肥、锄头等，去到一个叫菜地的地方从事农耕。

这个季节，适合菠菜、芫荽、茼蒿、小白菜、扬花萝卜等作物的种子下土。菜畦早已整饬一新，这个时刻只在上面略铺一层青灰就可以了，接下来撒种子。种子浸泡过一宿，膨胀得快要把外面坚实的皮顶破。种子入土以后，在上面铺一层薄薄的稻草。金黄的稻草松松软软，简直是一处美好的栖身之所，起到浇灌时不至于使泥土板结的作用，更有助于种子破土。

过几天，去菜地，轻轻把稻草拂开，那些种子就变成芽，一齐从土里钻出来，如约而至这个词就是形容种子萌芽至破土这个过程的。四周最好都是菜地，沉郁的红薯地，高挑纤细的芝麻地，而棉田正在不远处唱着白色的挽歌，在更冷的秋风到来之前,绽开的花蕊已被摘得差不多了,个别青桃缀在枯叶间随风忽上忽下……

楼下邻居家外婆也来自枞阳县,我最喜欢与她攀谈农事,有天清晨,我们双双走在买菜的路上,当我自言自语:单季晚快割了。她家外婆应道:哎,是的!记忆里,中秋前,单季晚必定成熟。在皖南,一年三茬稻:早稻、晚稻、单季晚。后者的栽种与成熟期介于早晚稻之间。单季晚的品种在我们那儿大部分是糯稻,就是产糯米的稻谷。每家都乐意栽种几分田——我们过中秋要吃糍粑。

记忆里的秋天,美好又短暂,盛夏的繁华走远,秋风来袭,使人沉静,默默在田间地头劳作。最喜欢看人割荞麦——就是黄梅戏里唱"红秆子绿叶子"的荞麦,到了秋天,秆子依然红着,叶子纷纷换起了装,把绿裳脱了,披上了黄衣,荞麦籽一片乌黑。这样的红黄黑,远远地看,同京剧里的服饰装扮极似,无论老生抑或花旦,都着这样的行头,在舞台上飘飘拂拂婀娜腾转,锣鼓镲一响,纷纷出来亮相,盛世的气息即刻乍出。每有京剧开场,角儿们运足了气,依次亮相,巡场一周,哇哇哇地叫几嗓子,叫人恍惚觉出身处盛世,鼎盛至极。

秋天的黄豆也好看,最好长在田埂边,晚稻尚未成熟,介于青黄之间,黄豆叶落满一地,是橙黄色系,比起荞麦的叶子来,显得更透亮一些,有跳跃感,像蟋蟀在草丛里唱歌,低低地起伏婉转,待仔细听,它仿佛又故意不吱声,耳边唯有风声。只有等到夜来,明月高悬之际,蟋蟀们才一起汇入歌唱的潮水,万物都被它们惊醒,无边无际的露水濡湿天籁。

有人凌晨即起，蹚着夜露去菜地，或浇水，或择菜。菠菜、芫荽长势良好，小萝卜秧可真疼人。白菜秧晕染成一片，可以移栽了。轻轻将它们拔起，茂密的根须上挂了许多黝黑的土，无非是从一片地移栽至另一片地，右手握铲，拨一个小坑，左手把白菜秧放入，扶稳，再用小铲把旁边的土拂至菜秧脚跟边夯紧，最后再把整棵小苗稍微往起拎拎。这一拎，要使巧劲，力气过了，会把秧苗整棵带出来，岂不白栽了？最后一个步骤，是多年前我妈教的诀窍。往上拎一下，好使栽下的菜秧不窝根，易成活。

这秋天栽下的白菜秧，一直待在地里，慢慢长，我们一片一片撇它们的叶子吃。撇一回，浇一回农家粪。一直吃到冬天，还不歇手，等到来年开春，最后吃一次它们的薹，才将它们的老根挖掉，也不丢弃，埋入更深的地下腐烂，再在上面种瓜点豆。

一年年的，更迭轮回里，地不累，人也不累，就这么相伴着一起走过来。如今，中秋临近，有一天，忽然想起我妈妈早年说的话——年怕中秋月怕半。认真想想，这句话有多哀伤。当年，我妈正值我这样的年纪，有白发和家累的年纪，青春不再，好日子总是易逝……

小时候，怎么也不能接受自己活到三十岁时的景况……待某日，去医院体检，不经意间瞥见体检单"年龄"一栏上赫然打印着"四十"的字眼，那一刻，足以触目惊心，有一种恐惧来自无边的远处，鹰一般盘旋，是万箭齐发，比雨点更密集更狂猛，让人一下跌倒久久起不了身。四十这个数字，来自电脑的五号宋体,可瞬间令人颓唐。原来,人性深处一直都在回避着苍老,直到某一天与五号宋体劈面遭逢,再也没有退路可言……

所谓中年景况,无非如此而已。只是希望拥有一块地,在这样的雨天,拿着铁铲把小白菜秧从这块地移栽至另一块地,拍拍手上的泥土,站在地边好好望望雨后的天气,脑子里顺带滚过"九菜十麦"的民谚。

究竟是什么,令人席不暇暖又念念不忘?这么多年过去,天上的星星在,月亮在,秋风秋雨在,田间地头的庄稼在,一切都在着,可惜故乡不在了。

小时候的味道

小姨陪同小姨夫来合肥体检，差不多一年两次的频率。来我家，也没什么可带的，她这次带了一瓶腌菜。临来我家时，被小姨夫看见，发火说要把瓶子掼碎。最后，小姨还是偷偷放在包里带来了。那瓶菜不是一般的菜，萝卜缨子腌成的。当小姨从包里拿出腌萝卜缨子，我的眼睛亮了一下——还是小姨最懂我。那一刻，小姨骄傲地对小姨夫道：是的吧，我就知道她喜欢吧。

二十多年没吃到腌萝卜缨子了。老家那种水萝卜的滋味无与伦比。每年深秋，大部分人家把萝卜起了，晒干，或者腌起来，或者切成丝，晒干，就成了萝卜菇子，留待冬天下大雪时吃。萝卜缨子基本上弃掉了，有的在河边慢慢腐烂；有的在田间，几阵秋风几场秋雨过后，化作无形。有时候，人走过去，还能闻到一阵阵清香，萝卜缨子魂魄不散。

在我家，我却热爱把萝卜缨子晒几个日头腌起来，口感比雪里蕻还要好。我妈总是咕哝几句：骆驼投胎的命。

冬天的早晨，靠着稻草垛，就着腌萝卜缨子喝粥。粥太稀了，萝卜缨子一不小心就会沉到碗底，吃它还要费力拿筷子往碗底探，有时嫌麻烦，干脆拿筷子在碗里搅一下，成了一碗菜粥，喝完一碗又一碗，每一顿都有吃撑的感觉，捧着胃走路是对腌萝卜缨子最大的敬意。太阳高高悬在稻草垛上方，那么红，像我们小孩子患冻疮的手指，但它又是暖的，将穿得单薄的我们一把拢在怀里，即便有风呼啸，我们的心也有了安慰。冬天的天空也是值得好好看看的，那么蓝，蓝得无邪，蓝得无牵无挂，像一个人的心灵没有杂质可滤。

冬天的稻草垛，也是给人温暖的东西，它与腌萝卜缨子和热粥一起，构成了一个人无法磨灭的记忆。

无法用文字还原出腌萝卜缨子的滋味（文字有时是苍白无力的，它无法更准确地抵达记忆要去的地方），但这一点也不妨碍腌萝卜缨子一直留存在我的味蕾上，时间越久，越清晰。夜里看书，看见作者提起庾信的《哀江南赋》。庾信去北方出差，始料不及的是，刚抵达目的地，庾信的国家被人灭了，从此他作为资深人质被留在了北方，长达二十多年……就这一段，看得我在夜里愣了半天。早晨起来，又把小姨带来的那个玻璃瓶揭开，闻闻，还是没回味。萝卜缨子要腌好了，才会发散那种夺魂的香。还得再等等。将瓶盖拧紧，放回原处，有几个气泡从瓶底往上冒，仿佛有微响——我也是一个人质，跟着父母来到城市，一转眼，生活了近二十年，苦的，辣的，腥的，什么都尝过了，却依然忘不了这一口腌萝卜缨子的滋味。每个人心里都有一篇"江南赋"。

我的"江南赋"能写很多篇，比如山芋梗子，比如南瓜藤，比如菱角菜，比如茄蒂……滋味万千，往事如昨。

有一天，去合肥市场买牛肉，见又是注水的，就与卖肉师傅多聊几句，不过是想让他帮我单独带几斤不注水的肉而已。师傅说：现在合肥市场买不到不注水的牛肉。他还透露：有些牛肉打的根本就不是水。我惊骇地问：那是什么？师傅低头斩肉，没再往下说。从此，对于湿漉漉的牛肉，不敢问津，尤其对卖肉师傅那一句"打的不是水"深感恐惧。如今，还能吃什么可以放心呢？

小时候的乡下，杀牛师傅非常威武，他通常穿一种皮外套，油光光的，挑着一套杀牛的家伙走村串户。那时的牛也金贵，不常被杀，要么病入膏肓，要么实在老得不能犁田打耙了，村里人才动念把杀牛师傅喊来。

小孩子通常是不敢看那种血腥场面的，我每次都胆小地走开。等牛被杀倒，才来看稀奇。只见杀牛师傅熟练地把牛皮剥了，取出内脏。女人们早已备好石灰，牛胃扒出来热腾腾的，女人们趁势将石灰粉抹在牛胃上揉搓，牛胃上面那层不能食的东西随着石灰粉一起被剥去。非常神奇，那么大的一个牛胃，又被女人们切成一份一份，摆在地上，然后大家抓阄，抓到哪份是哪份。那几天，每家飘出的气味都湿腥腥的，牛胃炖出来，好香。我妈仿佛对此不感兴趣，从未参加过抓阄分牛内脏的事情，以致我这个做小孩的只有咽口水的分。

牛肉差不多都拿到街上卖了钱，各家分些钱买油盐。小时候，连猪肉都不常吃，何况金贵的牛肉？

如今，可以吃得起牛肉了，可它偏偏注了水，注了不该注的什么莫名的物质。少年时，吃不起；中年时，有能力买了，可它又不能吃了。真是莫大讽刺。

这个时代怎么了？

山芋梗子，合肥这边也能看到，曾经买过一二，把它撕了皮，与小时候一样，略加一两只青椒炒，但，吃出来的，却不是儿时的那个味——化肥的过多介入，使得食物都走失了小时候的味道。

书上说："天生万物，然后才生了人。"万物的味道本来就存在，它原本是我们吃到的小时候的味道，如今，因人为的介入，大多好味道慢慢消失了。

没事可做的时候，在网上搜庾信的那篇赋，其中有："日暮途远，人间何世？将军一去，大树飘零……"赋，在古代士大夫那里，大多是歌功颂德的题材，难免脂粉气，没想到，庾信把赋写得这么哀怆。

向农业致敬

每年都会空出来一两只花盆,一直空到秋深。忽然有一天,阳光很好,想起来,到露台上,把花盆里板结的土松松翻翻,可以种点什么了。那么,撒点小白菜籽吧,或者秧点蒜瓣。

先把白菜籽撒下去,再秧几圈蒜瓣。对,是叫"秧",在我们老家都兴这么说,名词活用作动词,形象传神。仔仔细细把这些搞好,快晌午了,拍拍两手黑泥,直起腰来,正值秋风徐来,把此刻的心情衬托得分外愉悦,比雪夜读书还要充实。

愉悦何来?具体也说不出所以然,但觉一颗心比秋天的长空还要辽阔,虽空无一物,却应有尽有。

今年,是与孩子一起做这件事的。我对他说:过几天,我们就能看见白菜籽出芽了。孩子将信将疑:真的呀,妈妈?

当然是真的,妈妈从来不讹孩子。

跟泥土打交道,人就会愉悦。这是为什么呢?这么多年来,一直没弄明白。

比如,有时情绪低落,坏到不可收拾的局面。这时,什么都不要做，径直去郊区，看看大爷大娘们在地里劳作……慢慢地，情绪缓过来了，非常平静，然后默默回到城里继续生活。

我居家附近荒着几十公顷田地，是一家开发商买来屯着的。附近郊区一些老爷爷老太太们闲不住，纷纷垦起了荒，种什么的都有，一年四季有得看。常去看他们挖地，那种熟悉的土腥味非常好闻。一闻着这个味，便想起自己的来处，有山河旷野晚霞的来处。前一阵，碰见他们割芝麻，黄叶簌簌落了一地，踩在上面就跟踩在绚烂的黄绸缎上一样软绵，梦一样的奢靡美好。这么美的黄叶，被秋雨一淋，慢慢沤烂，不是奢靡是什么？现在正值农历九月，九月是挖山芋的季节。一垄垄一畦畦地铺在那里，拿锄头将山芋藤拂开，再拦根斩断，然后一点点往土里刨，虎头虎脑的山芋纷纷露头，被秋阳一把接住，格外殷实，再被一双手捡到稻箩挑回家，这一年的正果修成了，非常圆满。

所谓春叶夏花秋实冬藏，年年轮回。还有比土地更守信的吗？憨厚，实诚，一直站在原地等，等漫天大雪，等春风夏雨，等秋漓淋淋。而今这年月，什么都不保准了，唯剩下土地将道德的底线给紧紧守住了。

当霜降来临，所有的晚稻都要动镰。在色彩上，晚稻比早稻更绚烂，或许是被秋风吹秋雨浸的吧。这个季节，露水特别深重。那年月，正值琼瑶小说流行，电视剧也跟着拍出来。当我们弯腰割晚稻的时候，田埂上不知谁带来的收音机里，正传出缠绵悱恻的片尾曲，其中，"更深露重，落花成冢"的字眼被凄凉的女声唱出来，有举世滔滔的虚无感。当直起腰，站在晚稻田里四处张望，不禁有"众鸟高飞尽"的孤单。

一晃二十多年了，这么回忆的时候，心仿佛被荡了一下——无非想，回到乡下割一次晚稻。谷穗饱满，遍野金黄，众鸟高飞，孤云独闲。秋天的主题自古以来都是金黄色系的，梦境一样沉甸甸。

寒露与霜降之间，是一年中最好的日子，所有的谷物陆续进了家门。紧接着立冬，立冬意味着储藏，意味着休养生息。冬天的风也寒，冬天的夜会更长，一村老老小小缩在厚棉被里做梦，窗外大雪降临，山河皆白——乡下至此走的是沉静的笔调。

野菜的皖南

在超市冷柜里看见青团,绿茵茵的,往事一样挤在一起,拿在手里那一瞬,有了怔忡,仿佛提醒了自己的来处——皖南乡下,但凡杨柳鹅黄初上之际,蒿子粑也登场了,嚼在嘴里,一点点的清苦,口味里尽是冲淡之气。一江之隔的池州地区倒热衷于青团,我们那里是蒿子粑,材料一样,形状各不相同罢了。

皖南水乡,所谓稻米黍麦,在平时似乎也玩不出什么名堂,只有等到春天,野菜大面积上市之际,才能将生活点缀得花样翻新一些,比如漫山遍野的嫩蒿子,把它们掐回,挤出绿汁,掺到米粉里,蒸熟,在味觉上是那样可口,于视觉上简直是艺术品,那种绿,仿佛流动,大河碧波一样浩荡唯美,适合观摩,而不是一口吞下。世间好的东西,都具备让人舍不得的品质,比如蒿子粑。

还有马兰头,在田埂上,或者水洼之地。惊蛰以后,一丛丛地相互邀约着,赶前赶后地绿了,到后来,绿得要跳起来,像一个暴脾气的人,但,初春的风毕竟有些寒意,马兰头们热烈地拥在一起相互取暖，我们挎着篮子去割，一会儿就是一篮，拿到河边洗，清澈的河水里有鲜绿的马兰头沉浮——那个时候，对什么都有爱惜之心，不过是拿回家给黑底白花的猪加餐，好斗的公鸡偶尔莅临一下，但毕竟闻不惯马兰头的药味，又悻悻然走远……在春天，由于野菜的滋养，连我家的猪都变得冲淡平和起来，不再轻易发脾气，用大尖嘴把猪栏糟蹋得摇摇欲坠了。

后来，移居城里，在芜湖，不能养猪了，每年春天我们就会亲自吃起马兰头。无非是焯水，将青气和苦味沥掉一点，滴芝麻油拌几下，口味重的，稍微加一点生抽——春天，人极易乏困，但只要吃上一两口凉拌马兰头，就会醒过神来，说神奇也不神奇，来自于野地的植物，天生带有天然之气，就把人身上的那种混浊气挤出去了。尤其，人在城里待久了，被所谓的文明洗礼以后，身上的市侩气一日浓似一日，在春天里更易困乏，吃点马兰头解一解，便会清醒过来。古代的和尚为什么心宽体胖？那也是吃野菜吃的，没什么重油大荤，身体反而强健。身体好了，心自然会宽。这一切都拜绿色植物所赐，也没什么奥妙之处。

然而，在春天最幸福的事，是能吃上荠菜。荠菜的香，是奇异的香，本质里具有传奇色彩，没有什么可以攀比得上它，比蜡梅的香味更幽远恒久，仿佛实实在在的陪伴，不着一字，却让人安心沉迷。一般我拿荠菜做汤喝，油略微重一点，骨头汤最好，烧至滚开，下荠菜，趁着鲜碧尚未褪色，把火关掉，捞到饭碗里，饭要一口一口地吃，荠菜要一棵一棵地夹，因为好吃,所以爱惜……间或,瞅一眼窗外,满天满地都是春光,季节盛大啊,适合抒情。

有荠菜可食的日子,除了春天,还有什么季节能够给予呢?所以,人该知足了,不可得陇望蜀,不可患得患失。

在春天,人类身上的动物性自会少一点,通过野菜这个介质,人身上的植物性会多一点——这不仅是物质的滋养,更是一种精神上的提携,从而让人走得更远一些。说到底,这都是虚无的东西。可,我们的生活里,哪一刻能缺少这些形而上的东西,尽管它是那么缥缈无形,却那么值得人倚靠。

还忘了个名角——蕨菜,这个菜挑地方长,山里才有,尤其黄山一带多。我们在城里,吃到的是些脱水干货,老得很,错过了蕨菜的最好年华了。其实,吃蕨菜,还是嫩的靠谱,无非凉拌,脆生生的,像一个能言善辩的小姑娘,原本生得美,话又讲得漂亮,没人不爱的。

在皖南,春天总是刮大风,人歪歪斜斜走在风里,或许有一些惆怅……为什么惆怅?那些漫山遍野的野菜,再不吃,就老了,可又总是吃不完,尤其荠菜不等人,总让人惋惜,昨天挑两桶水路过,明明还是绿嫩招展的,待今天扛一把锄头经过,人家就气呼呼开起了花,细碎碎的小白花,像极女人的小心思,总是埋怨不停:你不是不在乎吗,今天就老给你看!最后弄得双方皆悻悻然。

所以,春天里,想看花就赶紧去看,想吃野菜就赶紧去采,不能懒,不能懈怠,出名要趁早,生孩子要趁早,吃菜更要趁早。不然,一切都来不及了。

四君子

作为竹的一生

在雨声中醒来，躺在床上，突然想起一句诗——在我们老家那里的乡村，一般将这句诗写在门对上，不是居活人的，是给那些仙逝的老人，叫：白日依山尽，黄河入海流。小时候，常常站在五颜六色的纸屋前，望着这副门对子发呆……那时候，农村人居的都是平房，可是，他们一律热爱扎高楼广厦给先人，那副门对子一般贴在堂屋门上，黑底白字，鬼气森然。如今，急欲往中年门槛里奔的我，终于明白过来，什么才是"白日依山尽，黄河入海流"，好通透的境界啊：人死归山，如河入海。相比起来，后两句的气势，平了些，仿佛一种教化，与《读者》文风相若，没什么搞头了。王之涣做梦也不会想到，自己这首五言绝句，千百年后，不但放在小学课本里供孩子们朗诵，而且还被我老家扎纸屋的老先生们拿来作门对子吧。

说这么多，不过是想表达，年龄对于文字的浸润作用。王之涣的诗并非这么解的,但,用在纸屋门对子上,这么解,也蛮合适。曾经,在小城的时候,有一阵,热衷收集字画。有位擅长画竹的老师送了我不止一幅竹图,他写过两个句子,当时一点也不当回事,还自作聪明地以为,他的墨竹笔法不够,总是想当然地揣摩,人家能把最好的画无偿送人么,还不自己留着?就这么不当回事地搁在书架缝隙处荒着,还有另一位画家送的红梅图,也是如此下场。一直觉得红梅是最没有格的,那么俗艳,热烈,恨不得一把扑上去……根本不配有初春凛冽的气质。所以,来合肥,只带了一幅画,一只憨拙的小鸭子,贴在办公桌格子间,每天看看它,有置身乡野河流的快活。

前一阵,父母移居北京,家里花草树木无人照应,他们将一部分移栽至楼下空地,以承接天然雨水,不至于枯死,将空出来的几只品质优良的花盆托人捎至合肥。是白瓷青花,明朗,温润,即便不种花草,空搁在家里,也好看。一天,我坐在小客厅沙发上向阳台上看,远远看见白瓷花盆上一行字,然后默默有了泪湿的触动:未出土时先有节,至凌云处仍虚心。就这十四个字,几年前,同样在别人送我的画上看见过,当时怎么会无动于衷?如今,重见这十四个汉字,简直热血上涌——我把这一律归功于成长。我知道,这个花盆是叫人养竹子的。

还有谁比我更爱竹子呢?当然,这么讲,会承担被人耻笑的风险。难不成自比竹林七贤、郑板桥?而我,不过是以一个普通人的视角,讲了一句实话罢了。

合肥这座城市少见竹。穿行于老城区的小巷,偶尔,能遇上几棵，默默守在庭院，自会高看那个庭院的主人一眼。有一阵，包河公园附近拆除掉一座咖啡馆，大片空地上，栖身了若干老银杏树，剩下的，应景地植了些草皮，临近徽州大道边的一块窄地，植了几丛竹子，毛茸茸的，萧瑟瑟的，挨到秋天，它们像突然想起了身世，放下端起的架子，叶子渐渐黄起来，有一些赴死的萎靡，真让人担心。每次去省图，都喜欢走在它们身边，还当作一件重要的事情讲给家人听。植物园里也有一片毛竹，太密，有一些发育过分的颓丧，我不喜欢。杏花公园也有几丛，终于形成不了气候，一眼望去，哪有清绝之气呢？逍遥津公园里也有，种在围墙边，围墙上有《三国志》人物画，自从免费开放以来，公园内的一点人文气息荡然无存，小孩们蹲在《三国志》画像前拉便便，把那几株竹子熏得无可奈何，其无争的性情又决定了它不能喊，一直站在那里尴尬着。

　　就是嘛，竹子这么清高的气质，怎么适合在城里安家呢？它们的家应在群山壑涧边。上一次，去徽州，沿途遇见许多美丽的竹子，望着它们，不敢说话，生怕有所造次，是真的美，找不到形容词的美。竹子的美，在于雌雄同体——下半身（竿）是男性的，上半身（叶子）是女性的，集坚韧、柔媚于一身，恰好体现出无性别的美。无性别的美才是最高级的美。

　　竹是拒人的，所以，它活着的时候，从不开花。不开花，自不会招蜂引蝶，用在人身上，就是不太各色人。所谓不太各色人，就是对人不感兴趣。也是的，在自然界的所有生物中，人，算什么啊，干吗要与人打成一片？

　　没有哪一种树比得过竹的气质。是清气，是悠然不群，又近佛性，犹如一个人，不大说话，但满腹经纶。这种人特别有气场，有时，甚至压人，让别人不敢贸然造次。我面对竹子，就如同面对一个人，丝毫没有造次之心，只远远地看，然后把佩服埋伏于心。

在梅兰竹菊"四君子"中，我们人最要向竹学习才对。一个人可以做到有节有骨，但，到了一定的时候，不一定懂得退让虚心。而"至凌云处仍虚心"，得是多么高的修为啊。这是人最要学习的地方。拥有道德良知，是一个人的根本，但谦卑自省就难了。

竹永远能做到这一点。一生不张扬，无旁逸的纯粹，郁郁葱葱到凌云处。它的最后一次花开富于悲剧性，花落以后，性命终止。一生干净，骨气铮铮。某一天，被人砍倒，它原本坚硬的身体在篾刀下逐渐变得柔软，一根竹做的扁担，可挑起百斤的担子；一床竹席可睡上几十年几代人。人一直与它息息相关，吃饭的筷子，切菜的砧板，蒸馒头的笼屉……当然，这些都是它们对于人类的实用性。作为树，这没有什么好稀奇的，杉木还是栋梁之材呢！

或许，人们热爱的，更多的是它的人文气质——它的细叶疏节，它的清气硬骨。陆游讲，好竹千竿翠，新泉一勺水。大狂人徐渭见到竹，都起了虚心：竹劲由来缺祥同，画家虽巧也难工。苏东坡自不用提，从他的诗中，可以想象，他的房前屋后应遍布青青翠竹。一个士，拥有竹的情怀，在宋代也不多见。

在画竹这个领域，应首推郑板桥，他爱竹爱到梅妻鹤子的程度，有字为证：咬定几句有用书，可忘饮食；养成数竿新生竹，直似儿孙。没事的时候，上网找几幅郑画家的墨竹看看，也不知可是真的。这就是修为了，高段位的人一看即辨真假，据说是气场的关系。

这么讲，到了老年，回头再看——"白日依山尽，黄河入海流"，或许又有了重新认识；对于"未出土时先有节，至凌云处仍虚心"，也会有不同体认。

汉字是相当压人的，它和竹一样满腹经纶，默默伴随我们成长，而竹子的一生，永远比人的一生长。所以，我们每次看它，都仰着头的。

在梅边

养什么植物都能成活、茁壮，唯独在梅这里没有奈何。

结婚的时候，丈夫送了一棵巨大的梅树给我。当时正值隆冬，千朵万朵开得妖娆。至开春，众芳悉数落尽，叶子三杯两杯淡盏地，又老是停在上旬的月牙上，仿佛伤着骨头似的无法舒展。揣摩，可能是花开太盛，劲使得过头，又缺少营养补给，于是，施了一些菜籽饼。不急，再等等。一直等到盛夏，仅有的几片月牙叶索性不长了，一片片落下，折一条枝丫看看，已经彻底枯掉。仍不甘心，想着来年可能还会发青，小时候听家乡的老人说过一句成语：老树病梅。一直把它留在花盆里荒枯着。今冬，在四周种起小白菜应景。我们也没吃着它们，全部给麻雀偷食了。

今年，公公又送一盆梅树来。生怕怠慢了，早晨喝牛奶也记得留一点给它，小心翼翼伺候着，甚至，用手把它的叶子们一片片摘下，好腾出营养供奉花骨朵，但，转念一想，又不对了，叶枯而自落，何苦要拔叶助长？每次去看，觉得它又像快要死的样子，小花骨朵老不见膨胀，楼下荒地中央的一棵梅树早已芳香四溢，更衬得我家的落落寡欢，甚至，我要放弃它了。

某日重温《牡丹亭》，看杜丽娘弥离之际写给心上人的几句台词：

他年得傍蟾宫客，不在梅边在柳边。

彻底释怀。注定与梅无缘。所以养不活它。养不活它，是因为不懂得它。

要说苍老虬曲，究竟有什么美的呢？简直是丑。用人打比方，就是一个孤绝的人，不合群的人，偏偏顶着严寒开花——清绝自傲，在如今这个社会，是相当吃不开的。孤立无援，没人会帮你一把，甚至到了紧要关头不惜踩你一脚。骄傲有什么用？难不成花开不败吗？又没有这个本事。你看：奇士梅花今古慨，凄凉岂独问天楼。都是失意文人用来自况的，人在得意时会想到什么花卉？是牡丹，是芍药，花开富贵，热烈狂放，虽无香，但架不住脸大呀，一下就把俗人给镇住了，况且人本来就是俗的，有几个嫦娥奔月的？还艳，又大又艳的脸就是一种美德，这与女人生得漂亮就是一种美德同理。

龚自珍的《病梅馆记》，作为一则政治讽喻小品，相当著名，若我们硬要把它读成"哀梅记"就错了。他说他家有三百株梅树，决不会把它们修得或疏或欹的，他就是要让它们自然生长发育。这不过是个托物言志的幌子。你还当真他家有三百株梅树呢？也搁不下啊，像他那样自我严格要求的节俭主义者，怎么会置办一个多屋的房子和广大的庭院。

又扯远了。继续讲梅。人们爱它，可能源自奇异的香味。我家卧室里养着几枝梅花，在水里，单瓣，蕊呈砂紫色——似乎整个梦境里都缥缈着一种异香，淡淡地，似有若无，仿佛又很冷，刺激得整个感观系统恢复生机。

梅香大抵有醒脑功效，让人一激灵，嗅觉翻身坐起，坐起来之后怎么办呢？暂时还没想好，那就继续躺倒再睡……整个冬天就依赖在这种香味里，读书，书写。比如现在，我又把它们移至电脑音箱上，它的香一阵阵飘过来，对，是一阵阵，并非弥漫不休，是给你休戚与共的感觉，短暂又永恒地充满着整个房间。晚上，我在梅香里读黑塞，是《堤契诺之歌》，伟大的作家，也是一种香味，他永不衰竭，在时间的河里流淌。写作是一种漫长的抵达，它与成长一样，都是朴素的，事物的本质与内核，是一点点剥出来的，像在灯下剥毛豆。夜深了，碗里青碧一片。文学就是用来呈现这些青碧一片的本质与内核的。伟大的作家一律自信，杜拉讲过：等到2050年，如果还有人读《劳儿的劫持》，那么我将死得从容……黑塞也如此，多年以后，他的《堤契诺之歌》还会被放在不同的床头，与梅香一起滋养灵魂。

比起文字，对于植物的依赖要稍强一些，我们在冬天，为了缓解皮肤的干燥，喝下玫瑰花茶，闻着梅香，吃着青菜——人，哪一刻离得了植物呢？我们与它们，一直是休戚与共的关系。

这几日，每每晚归，打开门，阵阵梅香扑面而来，它的幽香像一个孩子，拿双手攀住你，然后紧紧搂着你，小嘴极力寻找着你的脸庞，都一整天没见着妈妈了，那种急迫的需要无与伦比——人与梅之间，怕也是有着一层血缘关系的——我们与它们，彼此需要，宛若母亲与孩子，那么需要对方的味道。

这盆巨大的梅，自小城芜湖跨江而来，是爸爸送给我的。它开得那么热烈，像一个有情怀的人，不管不顾着，让我的寒瘦之家充满了勃勃生机……

作为小姐的兰

养什么花草，对装它的盆都没多少要求，唯独到了兰这里，不灵了。一株兰，非得配一只上好的盆不可，最好是瓦窑烧出的紫砂，玫瑰红里杂一些珠灰，有点古意。若是把它随便植在一个大瓦钵或者瓷盆里，立刻不伦不类，打个饮食方面的比方，就是鱼翅鲍珍跌进了丑鱼烂虾的价。这么讲来，兰天生就是小姐的命，要呵护着，疼着，是林黛玉们，咳血葬花都要把它们供好。

像我这样性格刚烈的人,非常不适合养兰,每养必死。终归是它们太架不住折腾了,我从不拿它当小姐看。或许,某日,意兴阑珊,端着杯子来到阳台,咕噜一口茶,大力喷在它身上,没什么可委屈的,别人受得,为何你受不得?喷它一身水淋淋,我酣畅而去,就像村口的二大爷狠命咳出一口痰,小鸡们争着来啄。我简直有点不耐了,对于它的娇气——稍微浇点水,不是根烂,就是叶枯,免疫力极低,动不动遭受虫害,被欺负得千疮百孔的。对于我这种恶劣环境成长起来的人,无能如何也是看不惯的,自身的坚忍与顽强,在兰这儿荡然无存。所以,延伸至读书上,最见不得某些人柔柳扶风地示弱,有时,示弱根本就是一种献媚。

像我这样的人,天生喜欢仙人掌、仙人球、仙人柱,还有就是那种扎死人的骆驼刺。如今,还有人知道什么是骆驼刺吗?去年,在合肥花市,远远看见一棵巨大的骆驼刺,飞身奔去,一边嚷嚷着,咋咋呼呼地,把卖主吓一跳——因为十几年都没见着这个刺娃娃了。

在这几年的养花经验中,渐渐明白起自己来:浑身带刺的性格,尤喜戳人的短,揭人格上的小,就那么当着外人的面,让人下不来台……所以,潜意识里才那么热爱带刺的植物,很骄傲,很悲剧的样子。但,它们无一不拥有坚韧的心智,忍耐、强大、恒久定力——这是我从它们身上看到的美好品质。每次,看着这些带刺的植物们,仿佛有了敬畏——长久地存活,恰到好处地融入同类之中。

不是不爱惜这些精灵们,每每晚归,饿得饭也来不及烧,必先把它们一盆盆自阳台搬回家里，第二天太阳乍出，再将它们一盆盆移至阳台。她们也待我不薄，每每许以芳香，许以葱茏如盖的碧叶，还招回许多鸟儿——所谓鸟语花香，就是鸟用歌唱说话，花以芬芳说话。与这些精灵生活在一起，也是蛮热闹的。

可说的是，兰花真的美，符合大众的审美需求，暗香萦绕，朵朵翩跹，看着它们，可清心，可静心。花市里面的兰一律被养在大棚内，在棚角各生一只煤炉，为兰小姐们加温，在煤渣臭臭的空气里，它们开得馥郁——在寒冬，有了温暖，就不可再奢望好环境。终于，她们也懂得了退让。新年将至，它们被当作礼物一盆盆送到不同的人家，价格不菲。它们所栖身之地，大半没有逃脱金碧辉煌的厅堂。其实，这很不合兰的大性。

兰，应养在寒瘦之家，与书香为伴。它那么瘦，如何承受得起满壁黄金的贵气，渐渐地，独自枯萎掉，气场不对吧。它的主人也不太能更多地懂得它，即便示弱也示错了地方，只有穷书生才肯买兰的弱账。

写兰写得有品的还是郑板桥：身在千山顶上头，突岩深缝妙香稠。非无脚下浮云闹，来不相知去不留。别人写兰，诗里行间总爱嵌上一两个"兰"字，生怕读者不知这是一首咏兰诗，大多流于浅白。郑板桥不同，通篇不见"兰"。这是为文的曲与隐，旁逸而出，胜过直接歌咏，不那么确定的，就像恋情，美在犹疑辗转之间，待真的落实到谈婚论嫁这一步，也就没有了张力和空间感，若跟着再生个孩子，便彻底沦为死鱼眼了。

兰，是终身不嫁的小姐，一辈子独身，内敛而有力，让人欲罢不能，醒里、梦里都是她。兰是得不到的爱情，是一场缤纷而破碎的绮梦。

话说回去——郑板桥这诗恬淡啊，"来不相知去不留"，整个就是不闻不管。又是一个不各色人的性情，把这首诗翻译成大白话应该是：兰生长在山崖顶端，香气四溢在深深的岩缝中，不是脚下没有浮云翻滚的喧闹，只是它不愿意理睬罢了，即便浮云走了，她更不会挽留。

老郑的诗好，不但好在曲与隐，更重要的是道出了兰的孤清。

以前老觉着郑板桥是个疯子，风流不羁，无可无不可的。但，待看到一点他的诗画，则改变了态度与立场。许多东西，必须亲身体会，才会了解，懂得，至于相知相惜，也谈不上的，那是更深的境界。

古人留下的题兰诗大多直白，流于贫乏，打个比方，好比直接夸一个人，你真好啊你真好，末了，再也说不出个所以然来，不懂得含蓄迂回，根本不配与那些宣纸上的兰在一起。这跟当下许多权倾高位的人相若，就凭那一笔螃蟹爬的字，还偏偏爱好附庸风雅，好意思处处留痕，以为别人真的高看一眼，实则是抬举了他的地位。这样的一群，对于自省与自我控制力的缺乏，实在令人齿冷，懒得说。

菊意

  菜场拐角处，向晚回家的路旁，停着一车一车的花草——里面隐着菊花，有壮年的肥硕盛大，花盘如银盆——尤喜紫色，端庄里有一些寂气，是不为人道的清高冷艳；而那些黄色的，难免令人联想到葬礼上的哀痛悲戚，不愿多看一眼。

  在乡下，所能见的菊花，无一例外都是瘦的，像营养不良的孩子，弱不禁风，稍有动静，枝干便匍匐于地；花朵，既小且密，超计划生育似的。人们种植在房前屋后的，一律白菊——季节走到深秋，人在路上，间或望见个别女孩的头上，隐约有一种白在跳跃，待近了看，原来，黑发上斜插一枝白菊。在我们那里的乡下，于发上佩戴栀子花才能获得大众的认同，至于插一朵白菊的做法，在老年人看来，便接近于"抖骚"了，是要遭到舆论谴责的。但，那些胆大的女孩是不管这些的，她们的心意相当于私奔的勇气。

  乡下更多的，是漫山遍野的野菊。霜降前后，一丛一丛紫菊竞相开放，像一个人忽然遭遇到得意而无以遣怀，于是情难自禁放声歌唱，左一句，右一句，直至唱遍山野——广阔的紫色的歌。

  ……直到九十年代，我才真正领略"争奇斗艳"这个成语的魅力——拜菊所赐，是芜湖一年一届的菊展所给予我的成语慰藉。

  也是这样的季节，把去镜湖公园看菊展当作个人最隆重的一项文化活动。身背近邻家四岁的女孩，与女孩妈妈一起沿着吉和街、新芜路、中山路，汗涔涔地到了镜湖公园——平生首次得见那么多大如银盆的菊花拥挤在公园湖畔开会，它们一点不怕冷；有一种名曰波斯菊的，花瓣瘦而长，无意间垂下来，像刚烫过发的异域女子，风情就在那一绺绺的弯曲里，恍惚间，波意荡漾，是寒冷季节里最值得抒情的燃点。

许多市民摆出各种姿势与菊们拍照。我默默地看，傻了，被一种来自城市的美所震撼——多年以后，此情彼景，挥之不去。那是怎样的一种惊慌失措？从没见过如此壮硕规整的菊，它们被园艺师精心培育，在狭小而局促的塑料盆里腾挪绽放，就那么一丁点儿土，便可成活？甚至连根须都掩不住，叫人起了惜意。

在乡下，什么都是贫瘠的，唯一众多而用之不竭的就是泥土。可是，为何如此充裕的泥土里长不出硕大的菊盘来？

看完菊展回家，甚至起了意，欲给乡下同学写信，想向她描述这个世界上竟有这么壮阔的菊花，比人脸都大……当时可能也向同行的邻居表示过同样的惊奇了，这是一定的——没办法，就是这样的从来不曾学会过刻意掩饰心意的品性——当下，靠写字混口饭的人，对自己的过去，有意无意间，偏爱运用化妆术抑或障眼法加以诗意渲染。我从不讳言自己的乡下人身份——这是无法抹去的，尽管比起城里人，作为乡下人的我们，没有见过多少世面。

但，世面与视野是两个截然不同的概念，见过大世面的，不一定就有大视野。至今尤记，第一次在芜湖商场，因足上一双红底白花布鞋，让两位营业员笑得岔气的旧景——估计，如今，她们也会花大价钱去布鞋店，买回我当年穿的花布鞋了吧。

如今,我可算城里人了,却依旧不改乡下人的秉性——在家里巨大的花盆撒下青菜籽,插入蒜瓣,一日日,观察它们发芽,抽叶,心里欣喜——阳光下,在阳台做着农事:间苗,松土,施肥,浇水,延续着乡野气息。这一脉气,虽弱也长,日日,年年,恬淡,笃定,风一样自适,浑身洋溢着菊意。

又扯远了。说回来——比起玫瑰的高洁无尘,菊的气质里,无疑带有更多的乡野气,近似于血缘,即便历经风尘,也无法更改。

> 丽影无情晓梦侵,三更强作五更音。
> 风寒月下凝霜句,笔墨灯前透纸吟。
> 傲世谁堪千古秀,清狂自比一秋心。
> 天罡籁以黄花瘦,淡眼红尘冷到今。

有关菊的古诗里,偏爱这首"咏菊"。说到底,是一种傲骨守朴,一份清贞冷艳……说到咏菊的古词,还有什么比这一句更好的?

> 纵有华容千美貌,尚能市井满庭芳。菊酒浸辞章。

自陶渊明以降,人人都将菊看作清高文人的代言人。实则,依我看,这未免偏狭了些。菊,真正担当的是高士的形象——也是君子自得自乐、儒道双修的精神象征。

与树为邻

季节走到冬初,一切都变得新鲜凛冽。我的包里开始藏有一部相机。不定期的,下午三四点钟的时候,它会派上用场。偷偷把它揣在口袋里,出门,穿过一条狭窄马路,就到了护城河的密林里。仰着头,将相机举过头顶,以蓝天为背景,给各种树木拍照留念。那些树,一动不动,它们内敛而有力,让我叹服。在相机咔嚓一声的瞬间,转身,微笑,斜睨,食指与中指扮成"V"字形……在树们看来,都是极度可笑的。穿行在栾树、冬青、野石榴、云杉之间,走累了,坐下歇一会儿。身边的人一个个走在树下,他们脸上有着闲散的表情,知足,乐天……看着人们鱼贯于树林,心里特别欣赏——这不是抒情的生活,抒情的东西都是没有底子的。什么是人生?走在路上,看见一辆乡下来的板车上堆着大白菜,停下来,买几棵,拎着它默默走在树下,这就是人生。香水缭绕,锦衣绣服,珠翠满头……那不是人生,那是抒情,没有底子的抒情。

与那些树下的老人们待在一起,特别快活,像提前进入晚年的预演。

坐在树下，一直张着嘴笑。望着那一群胖胖的老太太，她们站在树下，围起一个圈，圈内是她们的大明星，大明星在唱庐剧（俗称叨叨戏）。大明星着一身灰衣，她的手间或动作，像慢镜头，那是怎样的一双手呢？因经年的厨房生活而变形，被阳光晃着，有一种黄褐色的光在闪烁。坐在那里久了，不好意思再拿出相机来给树们拍照，怕晃着这群老太的眼睛。树与老人在一起，特别相得益彰，有龙凤呈祥的意象。

后来，我走掉。脚下是松软的，铺满石榴叶、银杏叶、松针……它们默默落了一地，让我的双脚如同回到小时候——我在弹棉花的小驼背那满目雪白的棉絮上迈步，有失魂一样的轻盈，那真是一种糟蹋仙物的享受。

一直在观察日历上的节气与树的动静，以及二者之间的微妙关系，并用相机记录下来。这么做，有什么意义呢？答不出来。如今，真是越来越沉迷于这些无意义的琐事——整日像个无所事事的人，除了完成必要的工作以外，就走出去了，更多的时间与树待在一起。

与树待在一起，毕竟是比较冲淡的事情之一。活这么久，终于找到令自己身心愉快的途径——不将自己禁锢在世俗标准里，尽量让内心回到纯粹的状态。

给树拍照，就是一种。一直在默默观察它们的变化。

譬如那些树叶，它们的离枝状态。仲秋的时候，鹅掌楸犹如突然在夜里历经了一场大火事件，绿盖华亭全被灼伤，再撑也是强撑，呈现出萧条的黄，没有生命的黄，耷拉着的黄，一点也不上相，比起盛夏时节的勃勃朝气，简直天地之别；银杏叶则不同——深秋，在银杏树，简直是生命的华彩，它们的叶子一点点地在秋风里变黄，这种黄，是绚烂的黄，夺人心魄的黄，与淡青的天相互成全——人走在银杏树下，会想起一个成语：吉光片羽——美好的时光羽毛一样飘在眼前。就是这么个错觉。等到初冬的时候，再走在银杏树下，仿佛听见了滔滔声浪，像黄河之水。即使没有风，树叶静止，但，越是这样静，那种涛声就越响——色彩使人致幻。也只有银杏树可以在寒凉的初冬给人无边无际的温暖，黄浪一样，一声叠一声，高过天边。拍下无数银杏的叶子，一律仰着头，以青天为底——原本，它就是一种天赐。

列维坦作为我喜欢的俄罗斯画家之一，他的热爱画树，是出了名的。一直没有亲见过白桦林，是列维坦通过深秋的白桦林，启发了我对于树木的审美。那些金子一样的白桦林，被印刷在纸上，让我一遍遍摩挲，仿佛有沙沙的响声——我们赖以生存的环境，除了高山大川，便是花草树木。在小学，我们学过一个词——山川草木。我们与它们，有幸生活在一起，彼此依靠，即便我不曾过早地关注过它们。

坐在树下晒太阳，一直依赖着树的在场，仿佛是一个陪伴。若不依靠一棵树晒太阳的话，人是非常孤独无依的。

树，不仅是一个陪伴，它还能安慰。当一个暴怒的人，走在树下，慢慢地，自会平静下来；当一个满心忧伤的人走在树下，慢慢地，也会平静下来……无法解释的，就这么走着走着，然后就都好起来，平复如初。好起来以后，人便会投入到俗世里去，很快把树忘了。树也不计较，一直站在那里。

这个世界上，除了树下，还有一个地方能够让人的情绪刹那平静下来，那就是教堂——教堂的建筑美学一直让我着迷。它怎么就暗合了人们的崎岖心绪？

然而，一年年里，除了教堂，还能有什么比树更能长久地陪伴着我们的，它永不退场，像人类追逐恋情那样不知疲倦和富于责任感。人，死了一拨又一拨，树依然站在那里，而一棵树的死亡也是非常疼痛的，那些千年的柏桧，它们的眼底收了多少朝代的繁华兴衰，但，至死，它们也不说一句话。这种广深的沉默，令我们肃然起敬，它是值得尊重的品质之一。

相机，不过是一种介质，它在我与树之间搭起一个架构，冲淡，相惜。只是，比起我为树所做的，树给予我的更多。

添色木芙蓉

远望，它像棉桃里开出的花；近看，则似牡丹，花蕊翻卷，层层叠叠，相依相偎，舍不得分开，既绵软，又稍有厚重之气。是晚秋了，却似乎不见寒凉的意思。正午，人，走在路上，微风拂面，微风拂发，微风拂裸露于外的双臂，滑爽，轻盈，让人有恍惚的误会——再看路边的花朵，仿佛置身盛春之景。

查了一下词典，原来它叫木芙蓉，与木槿、扶桑同属一科。但它与木槿又略有不同。后者似乎一年四季都在绽放，各有白、紫、黄系列，在路边，覆满尘埃，仿佛闺楼小姐落了难，一身华服徒奈辗转沉疴负重，竟敌不过火房丫头青布粗裋的干净明媚。可木芙蓉不是，它年深日久矜持着，华叶满盖，郁郁葱葱，到了晚秋，才突然发了狠，一朵一朵醒过来，醒在秋风里，醒在一条河的桥畔。

每天经过的桐城路桥，桥畔植有若干木芙蓉。这几日，花蕊新绽，整座桥相应地受到感染一般地醒过来。它开得格外低调，三杯两杯淡盏，不敌晚来风急……这几天，那些花朵好像突然被人叫住，怔在那里，也有了自省的味道，更像一个人说着话，当四面人声皆寂，忽然不好意思起来，就将快滑至嘴边的句子一把给吞了回去。然后低下头来，陷入些微的惶恐中。

始终是隐在华叶满盖里，一年比一年美。合肥这座桐城路桥，颇有来历，人们曾经把它叫作"赤阑桥"。一提赤阑桥，大伙就明白了。熟读唐诗宋词的，没有不知姜白石的。知道姜白石的，没有不知赤阑桥的。姜夔居合肥间，没少与女粉丝来往唱和，最著名的某家姐妹拔得头筹，从此留在了姜某的诗词里得以永恒。将粉丝做到这般田地，实在格高。当下的名人，谁愿意下血本捧自己的粉丝呢？可见，姜某是动了真情的，一直到离开合肥，还念念不忘。

居合肥这几年，在赤阑桥上经过多少来回，到底意难平。有时骑在电动车上，将头昂得高高的，四处张望，大钟楼的影尖，护城河上的朱红亭轩，葱茏如盖的树木，浩荡的风，尽揽眼底，径直有那么一点啸歌的意思在里头。不过，那也是一闪念的恍惚，我不动声色，比较强势地将满腔情怀生生摁住，拽到心里去，然后，带着一个平庸的人的神色汇聚到车流中……

实则，赤阑桥畔，是观瞻落日的最佳所在。晚秋，一群木芙蓉栖身桥畔，在落日下静静开花，有了宋词的恍惚。桥在俗世生活里充当的，不过是过渡的角色，自此岸至彼岸，有通达之意。但桥在文字的审美里，纯粹就是一个道具，与亭台楼榭相若，是风景，也是人心的调剂，是曲径通幽，也是作文笔法里讲求的隐与曲。有了它，风神方能立得起来。说白了，桥就是立意的意，好比朱自清，明明去往清华园偷摘几枚莲蓬，却要风雅地把它说成：近日情绪颇不宁静，故去荷园边走走……这么一说，原本是偷莲蓬，到最后竟偷出了名篇《荷塘月色》，实在是文人骚客。

写这篇文章时，捎带着听的是《桃花扇》，是坤生吧，他唱：

当年粉黛，何处笙箫，罢灯船端阳不闹，收酒旗重九无聊。白鸟飘飘，绿水滔滔，嫩黄花有些蝶飞，新红叶无个人瞧。

他还唱：

你记得跨青溪半里桥，旧红板没一条。秋水长天人过少，冷清清的落照，剩一树柳弯腰。

生活里不能没有风雅，戏曲如是，桐城路桥畔的木芙蓉如是，它是一只泉眼，安静，温润。它也提醒了我们——时近晚秋，繁花着锦，也是看一眼少一眼了，接下来的该是皑皑寒冬。人在冬天，均是向内而活着的，絮絮地做点力所能及的事情，"像粪一样累累地直伸到天边"。

话说到开头——木芙蓉作为一种有格的花，没少被文人骚客歌颂着墨。我最喜欢崔橹的一首，其中一句：枉教绝世深红色，只向深山僻处开。像做人到了一个台阶上，非常的骄傲——只向深山僻处开，你再喊，它都不现，不屑。人，应该这样，只向深山僻处开。这也是人一生都要向花卉植物学习的地方。

霜冷雾白

当坐在电脑前，足下一双老棉鞋，宛如一个提前进入晚境的臃肿老妪，腿上搭一床薄被——当敲下"霜—冷—雾—白"四个字，眼前显得异样——仿佛看见了稻草垛在一夜间白头，它在打谷场边沿高高耸立，是一面风也吹不走的正黄色旗帜，老水牛一冬的粮食。我还看见了火钵通体明亮，木屑在青灰的掩护下高调燃烧，为手足双双送去暖意——隆冬里，乡下人的身上始终散发着一种柴禾的味道，它来源于火的余烬，温厚又绵醇。

清晨，路过足球场，看见了霜，那一刻，是田间秋菘被一片片折断所发出的低吟。霜，是流动的，当你走近它，早已荒芜一片。它始终有一种远意，仿佛一种精神，寓意着孤标脱尘，修身独高。

怎么样，才能把霜形容准确呢？写作的强大与自信在霜面前都要悄悄低下头来。乔治·奥威尔回忆五岁时意识到以后肯定会写作，卡森·麦卡勒斯十七岁写出了出色的短篇小说，玛格丽特·杜拉年轻时的一场场艳遇仿佛为日后的小说创作搜集着素材……

——可是,在霜面前,他们同样无能为力。霜会为难所有的写作者。

那么我们姑且将霜看作荒草的情怀吧。但我们又怎能穷尽一个物事的情怀呢?清晨,只能远远地看它在稻草垛上晶莹闪亮,等太阳升高,便渐渐隐去,而枯草早已干爽一片。

隆冬的乡野,始终像个样子,走夜路时,连明月也是寒凉的,静静照应着一草一木。苦楝树的果实仍挂在枝头,灰黄的,像小太阳被裹了一层晕,也像铃声,喑哑无言,锈了,所有的心门关起。孩子们走在路上,喜欢哈气,然后看着从嘴里冒着的白雾咯咯咯地笑,鼻涕流出来,舔一下,是咸的。一冬食尽那么多的雪里蕻,能不咸么?

乡下的雾,也美。你能想象出两个扛着锄头的人走在大雾里,是什么样子吗?他们的眉毛白了,不时落下水滴。你会否想象出两位穿着竹青色对襟褂的妇女挽着竹篮在大雾里行走的样子?繁复的菊花扣,盘在她们的衣襟,脑后发髻上斜刺一只银簪……简直是浮世绘的风格。

要怎样回忆早年的乡村生活才不走样?它始终在,保持着一种温暖的传统,不过是睡得有些过头,有轻微的晕眩感——山河都是流动的。那年回乡下,走在蜿蜒小路上,有欲哭的凄惶,也害怕,田野太空了,空得令人恐惧——所有的这些,少年时,怎么浑然不觉?是一种空无吧。还是我太敏感?夜里会被未关紧的水龙头的水滴声惊醒,甚至连小小螃蟹的爬行声也能致我无法入眠,那是隔了好几间屋子的啊。

那个时候，真想坐在空无一物的田野哭一场，仿佛郁积着陈年的恐惧与委屈，全部被释放，像是遇见一位德高望重的心理医师。然后又能怎么样呢？崔永元不是说看过心理医生后，天都是蓝的吗？

一直在看天，坐在小区足球场的水泥台阶上，透过高高的白杨树，仰着头看天，杨树的皮露水一样白。只有树知道，露水的一生多么短暂，而人的一生竟抵不过露水的一夜。

夜色里，在寒风中骑车，腿的骨头疼痛不堪，风的刁钻甚于从前。若穿棉裤吧，势必被人笑话——所以，将在荒黑的街头买一包糖炒栗，当作冬天的唯一安慰。

但，谁又能否认文字不是一包包糖炒栗子呢？就在昨天，我一遍遍地对排版的同事强调着，你看看，这篇文章写得多么荡气回肠啊！同事问：这人是干什么的？他是诗人！嗯，当我说起"诗人"的时候，底气充沛。诗人在我的字典里，是一种人格化的赞誉，并非具体实指。那些花钱给自己张罗作品研讨会的并非诗人，是匠人。真正的诗人才能写出这些荡气回肠的文章，然后为别人带去无与伦比的审美愉悦。

我的强大与自信，大抵都是在阅读文字和写作的过程中建立起来的，好比看见霜，想起遥远的乡村生活……即便如今的乡村，不再热闹，只剩下老人、孩子和狗，但田野里，霜始终在，麦苗早已拱出地面，接受着露水的寒凉，棉花秆堆在地头，由赭红到暗灰，像不出声的小提琴断了弦——我只想看见三两只鸟，在天上飞来飞去，也就满足了。我沿着雪一样白的土路上学，穿着宽大的不合身的衣服，慢慢走在通往老庄中学的途中，心里默诵诸葛亮《前出师表》：

> 先帝创业未半而中道崩殂；今天下三分，益州疲敝，此诚危急存亡之秋也……

其实，如今的阅读领域与少年时代比起来，并未拓宽多少——我们自童年始，便接受着唐诗的教育，但曾经又是怎样的懵懂无知？后来，重读唐宋诗词，有一些小小惊讶——杜甫、王维的境界那么深，这是少年的我们所不能承受的。人只有等待活到一定的境界，才能明白过来，譬如那些短短几十字的古诗里，竟隐有如此曲折蜿蜒的情怀。为什么乡野里粗朴渺小的野草闲花到了《诗经》里，叫人读着，霎时起了珍重之心？那都是有所寄托的，深纳万千气象。还有白露，以及冷霜白雾，它们都是亘古永恒的东西，它们的一生比人丰富些，也是易碎品，因为弱质，所以美，美得荡气回肠，它们永远是自然界中的角儿。而人，从来都不是。人所缺乏的，是树的谦卑与霜的懂得放弃。

蔷薇的合唱

真的是春天了。所有的树叶,绿得几乎要跳起来,气势汹汹的样子,似乎刚跟人吵了一架,因对手的遁身渺然而到底找不到可凭宣泄的对象。连风都作小伏低起来,徐徐地,徐徐地,绕道走,生怕被叶子一把抓住,来回翻滚着摔跟头,够难堪的不是?当黄昏来临,杨树的叶子到底懈怠下来,不再凌厉,突然把身段放低些,这时,温厚适时显现出来了。它们相互不再生气,尽量把身体偏一些,折一点,好让月光更为舒展地躺在地上——这就是所谓的善解人意。被温情的潮水,被月光,引着,一波,一波,荡过去,又荡过来……每一个春夜,都是这么过完的。

空气里有一种莫名的气息盘旋——黑发刚刚洗过的清新,白芝麻被碾碎为末的舒展自如,它与味蕾,彼此惺惺,达成了呼应与被呼应的关系——这么说吧,春天的气息里,接近一种宏大叙事的可能,这种叙事,或许还带有一些个人的见解,简洁、明净里不禁有一点小小的不老实,这种不老实,是乡野月夜里的草狗撩骚,既热情奔波,又不失妇人之韵。那么,所有犯下的错误，因为月光的介入，都可以被赦免和原谅。

那是怎样的气息呢？我一直受困于乔治·奥威尔的写作宝鉴，而条件反射似的羞于运用修辞将这种气息形象而准确地还原出来。理性写作的难度恰恰缘于此。这种写作上的困境，与奥威尔的写作宝典如出一辙，估计在短时间内无法彻底改变：

1. 永远不要用书刊中频繁使用的那些明喻、暗喻以及其他各种比喻。

2. 在能用短句的地方，绝不要用长句。

3. 凡是能删掉的词一律删掉。

4. 能用主动句的地方，绝不用被动句。

实则，以上种种……不过是作为一种笔法的铺垫。它宛如一部独幕剧的引言——它提示你，我要叙述的盛事，并非这些绿得几乎跳起来的树叶。当某个清晨，置身女贞树的浓荫，你知道的，女贞树的叶子在春天里落得最凶，绛红色，像被大火灼伤的脸庞，一片一片垂下来，满地伤口。那个绛红色叶子簌簌而下的清晨，分明听见风声，落花般，一波高过一波。这时，海子的诗登场：

> 为自己的日子
> 在自己的脸上留下伤口
> 因为没有别的一切作证

在某个清晨，拎着满满一袋菜蔬果品见证着一次大面积的群体性落叶。已走出很远，那些叶子纷纷被风追赶，来跟我的脚,在寒凉的空气里,可亲,可暖……

春天,似乎与风声、花朵、月光……息息相关着。风花雪月的大雅里,春天独享了三样。是如此的挥霍与不讲理。从海棠到牡丹,到紫叶李,到芍药,到棕榈的硕大花蕊,不过是春天的铺垫,终究引领不了趋势潮流,是转瞬即逝的走过场。

春天的盛事,真正体现在蔷薇的开放上。蔷薇是一种盛大的给予,舍得,也弃得。

四月之初,皖地的气候,非常适宜这场盛事演出——城市里无数围墙,被层出不穷的蔷薇科植物无限攀缘,是整个身体横在窄墙上,密不透风里有一种不予示人的孕育。自新芽初绽到绿叶满布,再到汪出花蕾,用去了整整一个初春的时间,真是舍得。阳光下,那些奋力挣出叶丛的花蕾,急欲破壳而出,但,仿佛又被什么力量给拽住,又有按捺不住的群情激奋,是一场无声合唱前的深呼吸,整整衣角,理理双鬓,指挥的棒子将要扬起,终于——有一两颗急性子的花蕾耐不住了,凭空张口而出,霎时又觉着不妥起来,但,再也不能收回来,生涩的,怯场的,也是尚未做好心理准备便被强行推至幕前的预报员。是谁推了它们呢?阳光与微风,成了共商大计的同谋,只不过,它们默不作声。阳光与微风,在春天的职责,是无尽的倾洒与穿透。

渴望看见春天里一次最盛大的演出。蔷薇的合唱,急欲登场。和谐的,发自肺腑的歌唱,将整个城市感染了。人们驻足,被蔷薇的合唱所迷醉。春天令人迷醉的事情应有尽有,但最大的一场迷醉,一定来源于蔷薇的合唱。

第二辑　草本木本

这样的合唱相当危险，搞不好，有决堤的危险。城市围墙的过于狭窄，阻止了蔷薇的气贯长虹。

——它们有着更为广大的视野，深刻的心性，别看是女性之花、阴柔之花，它们的理想，是将合唱延伸至天边……

蔷薇在气质上，最接近一种女性，先天性的弱小，决定了它们必须合群。是一种自省精神，避免了它们的独自出走。它们天生就是为了一场群花合唱，但，有时，也有忘情的时候，稍微有一些张扬和咎由自取，但，绝对镇得住场子。拿什么来震慑各位呢？最后，还是靠了自律。是的，蔷薇的自律，适时搭救了春天的宏大叙事。有时，视野广大，并非能给自己赢得什么实质性的好处，反而是通往深渊的危途。在这一点上，蔷薇始终是清醒的，它们就是靠了这种集体性的自律完成了一年一次的合唱，在春天，在繁花歇息的良辰。

蔷薇就是一种良辰，是春天的盛大给予。因为一年一次的稀少合唱，仅仅维持五六天的短暂花期，有一种凄美深藏不露。

盛事

当我的视力日渐衰残之时，听觉却出奇的苗壮，愈发细腻，锐利，坚韧。每天清晨，隔壁单元（应该是三楼）那对老夫妇的争吵声，总是赶在鸟鸣之前到达我的耳膜。也无非，老太晒出一串咸肉或者一块抹布，被老头稍微改变了一下姿势，老太是不依的——我躺在床上，在倾听的浪涛上隐隐约约想象着他们在阳台小幅度的推搡动作。老头粗嗓，像被一口痰堵住，又拼命要说话，轰隆一声，咳出来，赌气似的，有一点儿发颤，也很惊骇。老太嗓音尖利，像一只老云雀在清晨的空气里直冲云霄，有奋飞的优越感，也有一份家庭主宰的阔气与不容侵犯。听出来，她对于面前的这个男人的不耐烦里，分明埋伏着过分的苛责之情。整个冬天，他们总是站在三楼阳台，重复着相互的不满，让我无能为力。这就是生命，它们与我的视力一样衰败，也像花一样，扑通一声着地。而温情，早已在他们身上无隙可乘⋯⋯

喜欢夜晚。随着夜晚一同来临的，还有寂静——人们次第睡去，我会在南窗下站一会儿，望望对面楼丛里若有若无的灯火,微弱的,小面积的,电视机散出的荧光,与整个夜晚形成了和谐的相融关系。楼丛像一匹沉默的兽,在心脏里点燃不灭的花朵,并时刻做着隐遁的准备,正在此时,飞机的隆隆声自远郊方向而来,那种钢铁的呼啸在黑夜里呈现出的多种可能,是无法自拟的,也像一种秩序,让生活井然。然后,仿佛等到了一种气息,顺势回家,拢上窗帘,心满意足地开始了倾听涛声的生活——不,我是靠想象倾听涛声。

手里举着的是怀特。怀特在回忆,重返缅湖。那些茫茫之水,隔着时空跨海而来,拍打着岸边湿地,湿地上生长着无名野花,孔雀绿占着主导性颜色。但凡春天的颜色无比接近动物性,蠢蠢欲动着,像是要奋臂一挥。

合肥这座城市很奇怪,一年四季里,鞭炮声不绝于耳,这种携带着浓烈火药味的噪音,与节气一般准时。黄昏的时候,清晨的时候,总是不请自来,霸道,凛然,自不量力,又威猛刚健。每每此时,总会出现幻觉,怀特一样重返乡下日月,婚娶,丧亲,房屋上梁……乡下的这些古老仪式,是少不了鞭炮参与的。但,这种哀悦参半的鞭炮声,根本算不上最好听的村野之声。

——不是没有过坐在河边倾听水声的历经。夏夜,群星闪烁,河水被月光映照,无数的银子碎在那里,在小河拐弯的地方突现诗意,什么是潺潺流水呢?是月夜碎银铺河所能达到的无限诗意。偶尔响起的蛙鸣,使月夜备感独然。相比城市的声音,乡村的,才是天籁。城市的声音大多出自人为,工业化,机械化——比如,整个冬天隔壁单元楼一对老夫妇毫无创意的争吵声;比如,每天夜里自远郊方向而来的飞机发动机的轰鸣；比如紧急刹车时车轮在水泥地上打转所发出的刺耳怪叫……它们一直在试探和侵袭着心脏的承受力。

一次，又一次，我不能不像怀特那样重返遥远的乡村。花开的声音，落雨的声音，水稻抽穗的声音，小麦拔节的声音。至今犹记小学课本里某篇文章的开端：

春天来了，燕子往南飞。
乌云来了，要下雨了。
小树说：下吧，下吧，我要长高。
小草说：下吧，下吧，我要发芽……

一群孩子坐在黛瓦白壁的教室，铅笔咬在嘴里，双手翻动清脆的课本。一只只小手因第一次接触纸页，而略显唐突羞涩。那些散发墨香的纸页，那些无数双曾与泥巴、草叶为伍的小手，终于在一种叫作小学语文课本的撮合下变得神圣。

如今正值早春，我像怀特一样陷入长久的怀念之中。惊蛰以后，绵密的雨水顺着天井的瓦楞绵延而下，纺线一样被拉细，被拉长，在青石板上落脚，再渗到更深的地下，阳光乍出，苔藓青碧晃眼……皖南在哪里？面向雨水与阳光生长的村庄，我们均把它称作——皖南。

田畈，才是倾听百音的巨大游乐场。一望无际的油菜田被黄金覆盖，油菜花的香味带着呼啸之声，太香了，一种令嗅觉感官中毒的香，它呼啸着扑面而来，像滔滔的天上之水，一霎时倾倒于地，视觉上的艳丽璀璨，恰好令听觉产生了幻觉。正午的时候，是不轻易去到田畈看望菜花的，那种自然之声的斫害，至今难忘。

相较之油菜花的澎湃之声，豌豆花所给予的，便温柔得多，是小夜曲，肖邦一般缓慢流淌。在春天里，有一种白，是贞洁的少女，童真的、懵懂的小小身躯，洁净地开在田间地头。当黑夜来临，它们适时与群星一起加入至合唱之中。对，春夜的繁星，也是有响声的，它们不再像冬夜那么寒彻哀凉，仿佛一夜间悟出人世的美好，自根本上怀抱暖意，它们与豌豆花一起加入到合唱的天籁——人间芬芳四溢，天上群星明亮——走夜路的人们，怀抱抚慰，荷月而去……

一个不在乡村度过童年生活的人，他的一生仿佛有着什么缺失，天籁聆听的机会，与蛙鸣相悦，与群花共绽的参与感……统统不曾领略。人的慧敏，大多为自然所开启，譬如生就一双善听的耳朵，若不曾聆听群花的鸣唱，那将是多么遗憾的事情。人生，实则，别来无事——我们生活着，不过是为着耳闻目睹。空有一双明眸，若不曾看见群山巍峨河流逶迤；若不曾行走于田畈，感念四季的流转风的改向……那也好比弃绝群芳而独守苦役。

所谓聪明，即耳聪目明，听见了所要听到的，看见了所要看到的，洞穿，识别，然后，了然于胸，化作千万，化作唯一。

看见一些布衣素鞋的人，必来自乡村。他们是有福的一群，是自然之子，活在风里，活在花下，活在树木的浓荫处，倾听遥远的天籁之音，直比恋人的耳语更为心醉。

是这样的早春二月，农历的二月，枇杷树上暗花缭绕。

唯一给我安慰的，楼下人家的院落尚未被工业化的水泥统领，自泥土蓬勃而出的宛如乡村的春意：芍药新枝一点点拔节，那些簇拥的新叶如雨水漫过河堤；牡丹正在孕育花蕾，恰似宁和的夜晚被星光映照，母性的，寂静的女性之躯。某个凌晨，听见树枝被人工折断的清脆之声，好比微风拂动黑发的柔软——早起的家人告诉我，那是楼下邻里正为葡萄藤修枝……邻里的这个平常行为，一旦传达给身居二楼的我，整个清晨，霎时起了诗意，我的日子也跟着明亮起来。忽然想起，儒家强调的修身……而葡萄藤必须修枝，才不至于生长得杂乱无章——人同草木，必须也得适时修身，方长得端正——而人心的端正，恰恰体现在儒家强调的修身上。

爬起来，在早春二月，启动了锻炼身体的心愿。走在小区里，凉风拂面，有一点点寒凉，加快步伐，去菜市，拎回几只姜。啃着烧饼到达体育器材前，劈腿，摇晃，紧接着让整个身体飞起来——在借助器械的前提下，我终于像一只鸟，越飞越高。阳光遥遥，穿过女贞树纷披而下，我分明听见了，扑面而来的——所有树叶的合唱……

在合肥这座城市，曾一度苦于抑郁症的侵扰——听得最多的声音来自一台电脑，无论白天，抑或夜晚，孜孜不倦地，无休无止地，金属的茫然的嗡嗡声，让人备感孤独，焦灼，烦躁……也曾一遍遍陷入离家出走的幻觉里，使身心暂时有了遥远的寄托。以至如今，最大的理想——成了一种幻觉上的离家出走，但这种行动，一直被搁置着，无限期地。直至今天，终于鸟一样飞了起来，彻底解脱。

桂花课

秋分前后，空气里渐渐多了另一层味道，浅甜的，飘浮的，幽微的暗香，雾气一样缥缈——这种香味稍微有一些力量，将置身其中的人奋力抬升，径直到达一种清华疏阔的心思里。总之，被这种暗香包围，一些不为人知的微茫心思，会不自觉浮起。这些情绪非常健康，似乎与秋天的荒凉不太合衬。

这些茫茫暗香，均来自桂树。

楼下院子里两株秋桂与我的窗台并肩。夜里，随着窗帘的启合，花香与月色互不相让，齐齐蜇进，连睡梦也是轻盈的，仿佛置身森森湖水的浩荡，抑或广袤云朵的柔软。

早晨，穿过小区外院，去菜市的路上，也能看见每家院子里的桂树，它们的枝叶纷纷伸过爬满蔷薇枯藤的围墙，依次是咸鸭蛋黄一般的丹桂，月白的银桂，浅鹅黄的四季桂，密密匝匝地开，窸窸窣窣地落……细小的落花，安静地睡在微凉的地上，有一层怜意，它们身后的背景里恰好生长着一株肥硕的芭蕉——秋桂的月白、金黄，芭蕉的青碧，宜于入画，在晨雾里尤其夺目。那是一个广深的院落，除了秋桂、芭蕉，柿树上那一枚又一枚经霜的果实，被长尾巴的灰喜鹊肆意偷食，这些嗜吃的鸟类特别抒情，它们一边啄食一边沙哑地叫唤着，像久渴之人饮尽一杯水后满足地发出轻微的呻吟。

上午，在厨房准备午餐，在靠近窗口的水槽净菜，也能闻见阵阵桂香，那是来自后院人家的一株高大桂树——顺势望出去，一树洁白隐在厚绿的叶丛里，如枝头欲尽的蝉鸣，为了抵御冬天的来临而低调地拥在一起取暖……

那几日，所到之处，均为暗香萦绕。黄昏的时候，出去散步，至小区拐弯处，有个男人拿着一只白瓷缸，他站在自家桂树下，一颗一颗将桂花捃进白瓷缸里。本是家常粗朴的一个男人，一旦站在桂树下掐花，即刻诗意十分，连黄昏的天也染了一层金边。上前叙话，他说新鲜的桂花也是可食的。

在芜湖，吃过桂花酒酿。冬夜寒彻，夜大放学后，最渴望街头一碗滚烫的酒酿水籽——坐在长条凳上搓手跺脚，老板娘揭开锅盖，往白雾重重的水里撒一把水籽。碗里，酒酿和热水早已备好，待水籽浮起，用漏瓢舀起冲进碗里，一只白调羹往玻璃瓶里探，是舀浸泡在甜水里的桂花瓣。一碗食尽，周身暖和，手心里有汗，重新戴上手套，在寒凉夜色里继续赶路……那一碗碗酒酿，多年后忆起，也是铺天盖地的安慰。

桐城路两侧的院落里，尤其城乡规划设计院里的桂树，多而茂密，其香是相当缠人的，都走出好远了，它还追着你不依不舍。与单位毗邻的护城河畔，在秋季，最排场的要数两种树，它们正值酣畅花季：其一是栾树，高大的树冠上闪耀着绸缎一般质地的花朵，绛红，灿黄，一齐在秋风里且颠且舞；其二,便是桂树了。人闲的时候,走在护城河沿岸,被一树一树的桂香围绕,人特别容易发痴,连眼神也是游离飘忽的,实则,那根本不是在想心事,可能是桂花的香味有一种轻微的致幻作用,人在其中久了,难免不被蛊惑。

环城公园里,一群老人在桂树下打太极——在他们的走步推手间,我看见了风云更迭,季节的风声啸然而过——那些秋桂,细小而茂密的,别有怀抱,一点点私语,不惊动别人,然后,悄悄落下,仍然不惊动别人,其香又那么醇厚绵长,这种情致是相当磨人的,与荒凉的季节吻合,恒久,幽微,拂不去,又抓不着,说不出,也画不出,却又一直在心底被纠缠——像不像恋情,特别心碎?

紧随秋桂花期的是木芙蓉——还是环城河边,赤阑桥畔,那些芙蓉树,每年花期落尽之时均被园林工人砍伐,徒留几根主干,待第二年,依然出落得风姿健硕。在赤阑桥上,每天来回两趟,尤其这样的季节,满目芙蓉秋桂,不能不使人暗自揣摩那个叫姜夔的男人。就是他,使原本一座默默无闻的石桥名垂青史。这座桥,肯入姜夔的诗,完全归功于合肥的两个女粉丝。

如今这年头,偶像丛生,粉丝遍地,疯狂过后,不免难逃烟消火灭的短暂。但在姜夔的时代,做一个人的粉丝做至以身相许的程度,则是有着相当炽热怀抱的。合肥的园林工人于赤阑桥畔,不栽秋桂国槐,但植芙蓉,可谓匠心独具。女粉丝的执着堪比盛开的芙蓉,热烈,无惧,奔放,不顾一切……正午的芙蓉花最耐看,艳烈,悦目,毒辣,往深处细究,是相当有野心的。是的，没有哪一种花胜过芙蓉的野心，以致从粉丝径直做到了情人的高度。

也是秋分前后，去了一趟浙江中部，台风过境，连日雨水，让人情绪低落，原本带着一颗游山玩水的闲心，待真的设身处地，竟失望得连相机也懒得拿出。挨尽一星期回到合肥，重新投入按部就班的生活，当看见单位门前不远处那三两株野木瓜树上的绿果子尚在的刹那，不能不暗喜合肥的好——环城河一带就是人间景致，何苦舟车劳顿那么远？其实，对于合肥，站在外围不曾深入地看，它是相当粗粝暗褐的，待深入其中，过起家常日子，它的温润，她的好，才会一点一滴慢慢流泻——这与我对秋桂的看法惊人的一致。

从前，未曾留意过桂树的珍贵与不同，它一年一年开在秋分前后，却也一年一年被我漠视忽略，平凡渺小，如同忘却。

——如今，文字的脉络与人生的脉络逐渐相融重叠，才惊觉房前院后桂花闲落。然而，许多人事，均在岁月无惊里默默过去了——怎么我也在前往中年的路上？是在一个怎样的清晨拔掉的一根白发？

人往老境里迈，并非可怕。一年年里，有花香草木，相伴相佑，也算可亲。

秋日和

早晨醒来，落了一夜的雨，所有的树被洗得干净。

石榴树叶子铺满一地，萧瑟的瘦，密不透风的黄，远观，是写意的恬静寂淡。

身着灰褂的老人在钻天杨的林荫道上清扫落叶，一丛一丛的黄，堆在湿地上，有风吹拂，似小小火苗跳动，是一种奇异的美——所谓春天看花，秋天赏叶，还有什么颜色的美，比得过秋天的落叶呢？赭红，铭黄，深紫……璀璨，和煦，令人迷失。

秋天的落叶，用的都是繁笔，浓墨重彩地泅在大地的宣纸上，给人以错觉，秋天一点也不薄凉枯冷，在感官上反而胜过春夏的繁华。

霜降前后，秋桂纷纷开了二茬，幽香弥漫，颇有霜意，人的嗅觉被一种芬芳蛊惑，如在仙境。

枇杷树上，暗香萦然，是巨大的叶子托着细碎小黄花，正被一身正装的灰喜鹊打量，且作悠长的抒情之声——没有哪一种飞鸟的嗓音糟过灰喜鹊的——别人都是扬长避短，偏偏它，极力扬短避长，一声叠一声地盖过去，既粗且哑。灰喜鹊若不开腔，静停于枇杷树上，其身姿尚可一观，可是，坏就坏在它的高调上。人犹如此，若天生不擅言词，以倾听与沉默，胜过万千聒噪。

整个秋日，灰喜鹊似乎从未放弃过嘶鸣……实在恼人。有时不耐，疾步上阳台，跺脚，挥臂，赶它走。楼下满树柿子红了的时候，均被它们所偷食。其食相，颇不雅，啄开这一颗，复去啄另一颗，许多柿子被开了膛，生生又被冷落在枝头，甜蜜汁液散发于空气，绿头蝇闻甜而来，拼命吸食。

秋日柿子的美，败就败在灰喜鹊的贪婪上。

实则，石榴树柿子树枣树等，都是属于庭院的小美，它们均不能构成整个秋天的壮阔浩瀚。另有一些树木，才是秋天的代表——比如梧桐，比如银杏，那一泻千里的黄，在秋日斜阳下，分外开阔，如风行水上、帆在河里，是天地贯通、物我融合的大气之美。

观瞻无数盛春酷夏的纷花拂柳，忽然觉得真正的美，应该在秋天，凋零的，平和的，有力量的，并非凄寒酸楚的，多像人生，年轻时历经的苦，大多不能称之为艰辛。

三十岁以前的秋天，仿佛一贯萧瑟，寒凉，衰颓……若迈过这年龄的坎，倒渐渐领略到秋天的壮阔之美，这大约源于年岁的滋养、心境的丰润——这几日，躺在秋日的夜，漫山遍野豆叶的黄、山芋藤的紫，于眼前频繁浮现。

记忆是一条来自故乡的绳索，带着厚重的烙印，年岁愈长，愈被勒得深，即使在盛大的秋天。

秋天的栗

处暑以后,合肥的落日,特别圆满,情深意长地悬于大蜀山方向,一点点斜下去,平原上的树木,被一种广阔的云霞印染,呈现出金子般的气质,它们的身影,也是一点点斜下去,像初初举步的婴孩,塌着双肩,一路跌撞而去,在下面迎接它们的,是沉厚夜色——一双可供依赖的手,迅速把树木一株株揽于怀里——这时,微风吹起,月挂中天,四周处子般静谧。

合肥的落日,在整个秋天均是可观的,其色,与新剥的栗子相若,饱胀的,物质的,是咏叹调,饱满得一气贯穿,长驱直入,直捣黄龙,也仿佛汁液淋漓,引人食欲。每次透过钻天杨浓密的树叶,观瞻落日,一种抒情的冲动,无以阻拦,决意,果敢,不会回头。也只有在秋天,人的情绪略略高涨些,说通俗点,是对生活尚存爱意,但,不汹涌,清淡地流淌……是月夜草丛里秋虫的鸣唱,幽微,广寂,在不为人知的地方。

三年前的某个秋日,移居合肥,被超市里堆得山似的新鲜板栗吸引……合肥的第一个夜晚,烧一壶水,将板栗泡上,一把菜刀在手,将泡软的栗子略斩一小口,借助惯性顺势撕开坚固的皮，然后，一粒粒圆滚滚的橙黄栗子在碗碟里现身。站在合肥的厨房，仔仔细细熬煮满满一锅栗子粥……坐在西边的巨大窗台上，吃着香喷喷的栗子粥，斜阳一点点西沉，现在回头看，那真富于仪式感——这分明是另一种生活的开始。

起先，皮肤不太适应气候的干燥，周身皮屑翻飞，以致这几年，每到秋季，总是嗓子疼，夜饮频繁——一直未曾很好地融入江淮平原的气候里。这也是一座城市对于外乡人的一种坚硬的拒绝。连落日都可熔金，气候却不愿将一个人完整接纳。这是没有办法的事情。它时刻提醒着，你不过是这平原上的过客罢了。

不过，这江淮平原的秋天，是令人动情的。每一户院子里，那些枣在枝头，一点点由青转红，使原来硬骨铮铮的树，累得弯下腰去。

窄巷口，廊檐下，一口铁锅内，深枣红色栗子在椭圆的黑沙里颠沛，香飘三两里……每家栗子摊前，都悬有一只特置的低垂的灯——夜里，微红的光打在呲呲露油的栗子上，粒粒晶莹，温润可鉴——那真是良夜，物质的，易于满足的。于摊前站定，要一纸包香栗，托于掌心，腾出右手，拿食指、中指去里面夹，栗子已然开口，于唇齿边，轻轻一嗑，即刻皮肉分离，是郁郁葱葱的香甜，接下来，广阔无际的糯，纷纷抵达，小河淌水般充满整个口腔。索性于街头僻静处坐下，大口吞咽——对，吃糖炒栗，就得聚精会神地对付，别无心事的。某个秋天的夜里，坐在乐普生商厦后面的骑楼台阶上，悉数将一包栗子吃尽，然后，拍拍手，带着知足的胃，趁着夜色，回家。

许多事情在夜色的环绕下，便也不显得仓促狼狈，譬如，吃糖炒栗子。

栗子烧鸡，也是秋天餐桌上一道佳肴。鸡，是乡下吃草啄谷的仔鸡——所谓仔鸡，指尚未开口打鸣，毛发尚未齐整。这样的鸡，肉质嫩，富营养。把栗子剥出来，暂放一边。锅里倒三分之二猪油，三分之一花生油，入姜、八角、蒜煸炒，至香味出，下鸡块，翻炒，变色后加料酒、生抽，略炒一会，下栗子，加水，以漫过鸡肉、栗子为宜，然后加盐，中火焖上，十几分钟后，改小火……起锅时，略微加点糖提鲜。

栗子为补气之物。盛夏酷热，人体内消耗掉一定的元气，到秋天，用栗子补，最是适宜。

还有一种简易烧法，将它拿来与新鲜百合一起煮粥。栗子肉与大米同煮，水滚后，下百合，小火焖。嗜甜的，可加点冰糖，以糖醋嫩姜片、咸鸭蛋佐食之，不输于鲍珍之味。此时彼世，肉价节节攀升，我们餐餐未必肉荤果腹，譬如晚餐，喝一碗栗子百合粥，甘甜香糯，清心去燥，通体舒然……

话又说回来，栗子这个东西，虽忝为美食，但，开初却是不大好惹的，它的防范性超强，高悬树端，一身铠甲，与某一类人相若，初看上去，通体皆刺，一身冷漠，时不时白眼相向，总往人的痛处戳，不留面子，注定不合群……那是，你不懂它的好，渐渐，日子长了，相处久了，方知，原来，其耿直的皮相下竟藏有如此柔软之心。通常，栗子一样的人，是可爱的，有趣味的，富于性情的，其唯一不妥之处，源于精神上时时竖起的那些乖张的刺,总爱捕捉同类的"小",冷不防戳一下,直疼得冷汗冒下来。然后,他静静把你看穿,兀自冷笑。

在远古,荔枝入诗,好比良妓操琴,是非常风雅的事情。可板栗这么粗厚的食物,一旦入诗,那也一定是乡土诗。温厚主义的杜甫曾写下三首有关栗子的诗,一扫"国破山河在"的凄清,充满着小康的温情,是小我的喜悦,人世的安稳:

> 爱汝玉山草堂静,高秋爽气相鲜新。
> 有时自发钟磬响,落日更见渔樵人。
> 盘剥白鸦谷口栗,饭煮青泥坊底芹。
> 何为西庄王给事,柴门空闭锁松筠。

老杜这首《崔氏东山草堂》,涤荡一贯的悲愤孤绝,显得相当的田园。秋高气爽空气清新,草堂前分外寂静。偶有钟磬之音缭绕——老杜站在草堂前,看打鱼砍柴的农夫于落日余晖中归家,想象着他们家的餐桌上有鲜美可口的栗……整首诗,洋溢着少见的冲淡宁和之气。

杜甫以降,几千年逝去,天上的飞鸟少见影踪,我们现在拿来搭配栗子的只能是地上行走的小仔鸡,也一样可口甘甜。

唯一向往的是拥有一个唐朝那样的小院子,掩一扇窄窄柴门,在合肥的落日下,有红彤彤的石榴看,苍翠松竹也就不指望了吧。

冬天的事

深冬，在我以为，一直是可爱正派的形象，充分有着洁身自好的谦逊清高。天空，高旷美丽；人世，言辞解心忧……

下午，坐了很长时间的车，似穿越了小半个合肥，经过一些陌生的地方，方位不曾明确。雨水绵绵，雾霭中的街道极其失真，仿佛置身边陲小镇，每一站，似一个传奇。老人穿着肥厚的衣服于空阔的路上穿行；人们脖颈皆缩，偶尔把头自丰裕的羽绒服里伸出，迎向直面而来的风，张望一下急驶而来的汽车牌号。年轻的情侣相互把手探入对方口袋，取暖。那些被经过的梧桐，一身阴郁，且退且走的衰败颓唐。经过姑娘巷时，方认清路牌，裕丰花市、周谷堆、家乐福……徽州路上那些银杏同样被笼罩在寒凉的雾霭里，比起梧桐来，似乎有品得多，一片叶子也不在了，落得干干净净，并非困苦的挣扎，而是直立着向上，沉默的，与某些男性相若，刚毅、忍耐。树与树，是迥异的，银杏披着一些刺，有力道之美，与寒凉的天气形成一种温和的对抗，它们永远承接着地气，一直在蕴藏，行将破茧。车子于银杏旁穿行，一车人呵着气，温暖的人间，有异地遇故知的惊奇。

这样的天，端正，苍茫——快点落雪吧。山河都成了静物，正派，肃穆，跟孔子似的。

在乡下，当你于家门口伫立，望天地对接的地方，一句话也不能说出来。寒冬，有一种让人寂言的力量。身体与灵魂，被一场场大雪洗礼，以及那些雪下的麦苗、蚕豆，它们与人类同陷于惊愕，对于天地的莽莽苍苍。

或许有一个孩子，正行走于雪地，她将去往大雪深处的后山做一些事情，以维持一日三餐所必需的菜蔬。她的双手插进雪里，轻轻使力，一只萝卜被飞快地带离泥土，轻轻将土抠除，放入篮子。十来只，够了。她拍拍手，站起身，满意地看着被雪花覆盖的菜蔬，再抄小径步入另一片菜地。弯下腰，在每一棵大头青上分别折三两片叶子，放入篮子。竹编的篮子像一只睡袋，萝卜与青菜分别安睡于两头，互不相扰。一个孩子挎着篮子正一步斜一步穿行于雪地。雪光明亮，稍微有一些刺眼，四周静得连风也躲藏起来。当她步入一片坟茔，似被四周的静谧惊得一怔。她不敢回头，再也不像来时那样雀跃，欣赏一下雪上的串串脚印。

回家的路，每走一步，皆发出咕吱咕吱奇怪的声音，像一把蚕豆被闷在嘴里，飞快地嚼烂，隐秘的，不为人知的犯罪感。是那些雪被粉碎了的声音，结实又固执，使得整个后山充满了肃杀之气。山巅，一片松涛，须发尽白，是一夜间老去的。松塔纷纷落于雪地，美得惊心。不敢久留，好不容易回到村头水塘边，将篮子里那些安静的菜倒出来，一棵一棵清洗。

水面上漂浮着来不及化去的雪。深冬的水格外清澈，再走一步，便是青绿色深渊，适时，洁白的雪飘下来，温柔地加入，温柔地承接——仿佛无言的体恤。萝卜在水中上下翻动，波纹似倦怠起来，走不远，又被荡回来。水是寒的，仿佛生着无数根刺，也像某一种动物的嘴，无数牙齿把手咬得生疼。是不能退缩的，要迎面而上，咬着咬着，双手复又暖和过来。那真是奇特而美妙的历经。仿佛两极，冷到极点，又暖过来。暖过来的手，插于衣袋，一种微微的痒悄悄爬上来，顺着胳膊一直往上，痒的尽头是酥麻的，似舌头舔着襁褓里婴孩的脸，也像蚂蚁轻轻噬足，痒在骨头里。

……黄昏，一头牛被牵出来，缓缓步入池塘，饮水。牛喝水的声音分外温暖，牵着牛的孩子禁不住同感起来，他小小的喉结分明在持续不停地闪动。深冬的池塘，不生春草，但生糖与甜。牛饮的姿势异常优雅，长长脖颈以45度角斜探于水面——用舌头舔着水，再卷入喉咙。它的胃囊被填满枯黄的稻草，时刻渴望滋润于水。

牛栏是温馨的地方，牛粪里隐有稻草青春时代的气息，甘美而芳香。小孩把牛拴好，回头细心收拾牛粪，用两只长方形草把，一一将温热的粪，团起，贴于壁上，轻轻压成扁圆状，风干，揭下来，拿回家，烧灶，持久而耐热。牛粪的灰烬，接近于雪，白色的，轻灵的，微风来过，它懒懒地飘起，一直升至天庭……小孩望着，有一些舍不得。

在这一点点的舍不得里，漫长的冬天，不知不觉过完了。

人生的冬天，也是这么过来的。端正，肃穆，至于像不像孔子，欲待后来的学识定。总在深冬的夜里，翻一翻异乡人的《断肠亭记》，头枕于高高的软垫，双手举得酸胀，复而转身而去，换一种姿势。

"为了人生的幸福，必须爱日常的琐事。也就是必须爱云的光彩，竹子的摇曳，群雀的喧声，行人的面面相觑，从这些诸般琐事之中感受最高的甘露之味。"说这话的并非永井荷风，而是芥川龙之介。一点不奇怪。一个幸福的人，恰恰又是困苦的人。

窗外，风犹寒彻。

所有的树木鸟群都请安静

前几天,将《本草纲目》搬回家。一本浩浩荡荡的植物书,生活的所有源头。关于植物,《本草纲目》比《诗经》全一些,更贴近日常。开篇即是菘。白菜在古时候竟有着这么文雅的笔名。如今秋霜遍野了,菘们早已下种,青扑扑的叶子初露端倪。小时候,种过它们,有品种一二,矮小些的叫"大头青",高个子的称"高秆白"。味甘性平,它们是整个冬天饭桌上的主角。白露为霜的清晨,去到菜地,一片片撇它们的叶子,"吱"一声,微微的,有寒意,露水濡湿脚面,菘们默然不语……

乡下,冬天的饭桌上,除了菘们,还有莱菔。莱菔就是萝卜,我告诉你们,冬吃萝卜夏吃姜,若换成——冬吃莱菔夏吃姜,则不妥当了。人家莱菔本来就是个笔名,你若一意孤行放在一日三餐的木桌上,别扭得很。什么叫看不起日常生活?莱菔们就相当看不起这日常生活,我同样看不起日常生活。

苏青晚年蛰居浦东一间陋室,年衰体弱孤独贫困,人生乐趣,唯剩下养花莳草,朋友所剩无几。一位三四十年代写过小说的女作家一直与她通信，常常给她寄去不同节气的花籽。那一年，苏青的病越来越重，知道来日无多，便给那位女作家写信道：如寄花籽，只要活一季的花……

女人的一生，不过如此。她儿女成群，临了，也不过惦记只活一季的花。若死了，连盆花都没个人照应。何等强大的一个人，也落得如此。我们这些庸碌之人，索性，连儿女也不要的好。这样，倒落得干净些，不给这世界多添累赘。

收到朋友赠送的几本书，均是他们出版社的旧货。如今，能看见旧货也不易了。施康强的《茶客》，思果的《偷闲》。文人一般到了后来，基本上都是在玩了。年轻时，由于把架子端得太正，伤了腰，痛定思痛以后，突然心态放平，一下子，气象出来了。这套丛书里还有一本《伸脚录》。实则，写字就是把脚伸伸，打个哈欠什么的，讲求的是自在，自由，如云朵之上的云朵。不载道，车子碾过去，尘土飞扬，只有宋江们心心念念想着有朝一日，被招了安，有个安稳睡觉的地方。

伸脚派一生闲云野鹤，在高处，一点一点浮华看尽。后来，有一天，累了，彻底歇下来，留下几本《茶客》或《伸脚录》，就都走了，也没有什么可留恋而放不下的——无非舍不得架上的那些书，也曾陪着自己度过多少难眠之夜。其实，人到后来，就跟书的感情深些。这么说，也应受到天谴，有点不仁，不义。

借同事《枕草子》，半年有余，一直拖着不舍得还。最后终于下决心还了。前几天，在一家旧书店看见，又买回。放在枕边，临睡时翻几页，好比过去有钱人家的少爷临睡时夹几片甜点放嘴里。完了,他们是要刷牙的,我看书则不必了,可见,日常生活多么麻烦。精神生活就这点好,瞌睡了,把书一扔,头挨着枕头,一觉天明。

清少纳言仿佛一个嗲声嗲气的小姑娘,她最大的本领,就是善于撒娇并随时提供撒娇的合理氛围。这里所说的撒娇,绝非那种针对男人的狭义的讨巧卖乖的小我撒娇,而是随时都准备着对世事万物的相知相惜的广大撒娇。好比一个雨天,端坐于庭前,桌上瓷碗里堆了归鸿一样的樱桃,她小口哒着,仿佛无别事,一边吐核,一边对身边绿豆大的事物挑剔着。譬如——

当时很好而如今无用的东西是:

云锦缝边的席子,边已破了露出筋节来;中国画的屏风,表面已破损了;有藤萝挂着的松树,已经枯了;蓝印花的衣裳,蓝色已经褪了;成了盲人的画家的眼睛;七尺长的假发边成黄赤色的了;蒲桃染成的淡紫色织物现在显得发灰了;好色的人但是老衰了;风致很好的人家庭院里,树木被烧焦了;池子还是原来那样,却满生着浮萍水草。

我一页页翻下去,直至口渴,快速跑厨房冲一杯茶,一边呵气一边咕噜一口。回头继续看。读书好比棋盘上的手谈,也是自在的。

有一天夜里,读《看云集》,内里收有一则沈启无书信小品,是寄给周作人老师指正商榷的。文风清淡,好得很。周作人老师情不自禁,也写了一篇同题作文。还是觉得沈启无的好,且抄一段:

夏夜的蝙蝠，在乡村里面的，却有着另外一种风味。日之夕矣，这一天的农事告完，麦粮进了粮仓，牧人赶回猪羊，老黄牛总是在树下多歇一会儿，嘴里懒懒嚼着干草，白沫一直拖到地，照例还要去南塘喝口水才进牛栏的吧。长工几个人老是蹲在场边，腰里拔出旱烟袋在那里彼此对火，有时也默默然不作一声。

于无数有乡村生活经验的人，读着可亲。尤其："在那里彼此对火"一句，默默然不作一声……

周老师的弟子中，数废名名气最响，沈启无次之。而沈这里的"名"，还是人所共之的不好的名，缘于周老师的一则"破门声明"。什么事惹得周老师如此兴师动众？可能气狠了，不得不诉诸笔墨。沈的字可谓娟正温情，跟胡兰成是一脉。前阵，《万象》里有一篇止庵的文，多枯燥考证，其中说到周老师对沈语多贬抑，譬如："他乃是我的小徒，姓沈名杨的便是……"

何事惹得这个老头每每言及必出语愤怒？是个谜。

一日下午，出门早些，拐至公园，浓荫里，抬头望一下，银杏树上的白果已然黄了。树木与天象节气配合得如此天衣无缝。难怪，总是有一些惘惘的愁伤挥之不去——并非居无定所，也非饥寒交迫，但，心里总是有一个空洞，如何也填不满。

树跟人比起来，境界就高得多。树永远比人高，永远比人看得远，所以，它们不愁不伤，自成一派，寂然不语……

人若学到树的一半，就算好修为了。人还是学不来树的，尤其那份自谦自抑，一生都学不来。

看花与吃饭

初夏,小区仅有的两丛芭蕉生得端正,新叶日渐从容,配得起它们内心的成长。若三四只麻雀站成一排,可成一幅《蕉雀图》,得大意趣。晚春的树木纷纷把自己幻成长篇小说,架构宏伟,枝繁叶茂,唯独芭蕉删繁就简,在原地长成一首五言绝句,简洁又不失张力,细雨和风中,有限可数的叶子约等于一页页诗心,也似反复忆及的不可遇的故旧,需养在心上珍重呵护的……

一直幻想着,拥有一块菜圃,一个花园。四周木栅栏上攀满蔷薇,五月的天空下唱着紫色的浅粉的绸缎一样的歌,沿栅栏一溜儿月季,什么色的都种上一些——人生的台阶抵达不了万紫千红的高处,但凭一双眼看尽花花朵朵冶冶艳艳吧。最不该忘记的,是要栽五六棵大叶栀子、七八棵小叶栀子。如今豌豆当令,忽然想起冰箱里冻藏着的一块咸肉——于是,坐在刺槐的凉荫下吃一碗咸肉豌豆饭,栀子花开得清淡。

菜园旁一定有一口池塘,塘口有柳,塘面荷叶上蹲着几只绿皮青蛙。此刻柳絮翻飞,一如谁起了心思,总是苦恼纷扰。

杜甫的五言派上用场：圆荷浮小叶，细麦落轻花。新荷抽叶小麦扬花，正是青瓠可摘之际，你我哪一年不吃上条把瓠子？瓠子就像一条平凡的绿袜子，纵然记忆里洗了又洗，晒了又晒，却也一点不蜕色，值得留恋的永恒的歌。

有池塘，养鸭子和鹅。鸭子白里泛金的毛发于水面凫凫袅袅，是仙子君临，人生有幸；鹅是呆鹅，欧阳克般整天一袭白罩衫，黄金的足配赤金的嘴，要么站在草色凝碧的地里，似把一生的光阴都献给了吃草；要么站在路中间望天，迎面来人也不让道，被撵打，张开大翅急于奋飞，一骨碌滚至坡底，爬起来依然站到路上呆望。

鹅的呆是出了名的，《梁祝》里有一场戏，同样以鹅起兴，一句一逗，皆是经典。

山伯送英台下山途中，女书童抒情：你看前面一条河。男书童回应：漂来了一对大白鹅。山伯跟着接：公的就在前边走。英台以隐喻暗示：母的后边叫哥哥。山伯犯傻：未曾看见鹅开口，哪有母鹅叫公鹅？英台凄清一指：你不见母鹅对你微微笑，它笑你梁兄真像呆头鹅。山伯佯怒：既然我是呆头鹅，从此莫叫我梁哥哥！英台长揖赔礼，山伯转嗔为喜，两位并肩前行……

这场戏将无情山水都唱得温软，真是百看不厌。中国戏曲里，但凡世间有一口热气的，仿佛都寄予了长情，叫人低回。这戏剧别有洞天，讲出生命的两难。人生的悲剧莫非：想不到，得不到。

说回我幻想中的菜园。当月季次第萎谢，将残枝悉数剪修,恰好在枝稞的空隙处点黄豆,是迟豆子,秋风起时剥来吃,挖一勺猪油抹在豆上隔水蒸。菜园不远处有山,翠竹郁郁葱葱,一年四季冬、春、夏三季皆有笋吃。除了竹,还要有马尾松,闲暇,挎一只腰篮,一头扎入松林,一颗颗捡拾松塔。晚霞万丈的黄昏,架起铁锅,以松塔升火,煮饭,等锅巴焦脆橙黄,氽肉汤已好。米饭用罢,再来一碗氽肉锅巴汤,其滋其味,千金不换。

　　我的四季,就这样一年年,在看花与吃饭中倏忽而去。这样的平凡庸俗,果真是美好奇崛。